目录

戴潍娜 / 主编
陈家坪　王东东　江汀 / 副主编

LIGHT 光 YEAR 年

大道行思
海天出版社（中国·深圳）

图书在版编目（CIP）数据

光年 / 戴潍娜主编．—深圳：海天出版社，2017.2
（卓尔文库）
ISBN 978-7-5507-1890-6

I．①光… II．①戴… III．①文学－作品综合集－世界－现代 IV．① I11

中国版本图书馆 CIP 数据核字 (2017) 第 015319 号

光年
GUANGNIAN

出 版 人：聂雄前　主　编：戴潍娜　装帧设计：彭振威
出 品 人：刘明清　副 主 编：陈家坪　王东东　江汀　封面图片：叶津·哈勒瓦尼
责任编辑：王媛媛　技术支持：浪波湾工作室
责任印制：李冬梅　媒体支持：凤凰读书　腾讯文化

出版发行：海天出版社
地　　址：深圳市彩田南路海天综合大厦（518033）
经　　销：全国新华书店
印　　刷：北京新华印刷有限公司
开　　本：787 毫米 ×1092 毫米　1/16
字　　数：266 千
印　　张：18.75
版　　次：2017 年 2 月第 1 版第 1 次印刷
定　　价：68.00 元

策　　划：大道行思文化传媒有限公司
地　　址：北京市海淀区蓝靛厂南路 55 号金威大厦 707—708 室（100097）
电　　话：编辑部（010–51505219）　发行部（010–51505079）
网　　址：www.ompbj.com　邮箱：ompbj@ompbj.com
新浪微博：@ 大道行思传媒　微信：大道行思传媒（ID：ompbj01）

大道行思公司常年法律顾问：天驰君泰律师事务所律师　冯培　010–61848179
凡有印装质量问题，电话致 010–51505079 进行调换

image
影像

essay
随笔

retranslation
重译

poetics
诗学

sinologist
汉学家

biography
诗人志

perspective
全球诗歌动态

发刊词：诗歌共和国

一

“他被提到乐园里，听见隐秘的言语，是人不可说的。”（《新约·哥林多后书》）。据说这句话包含着神给人类设下的一项禁忌，有关翻译。根据卡夫卡的推测，如果人们修建了通天塔而没有去攀登——这是不可能的——也许会得到上帝的谅解，其结果就是人类永远不需要折腾，而能心心相印。

杜甫著名的牢骚“百年歌自苦，未见有知音”，说的竟好像是现代诗歌的窘境。当有人向皇帝汇报，苏轼在监狱中也跟在家中一样，皇帝感叹这正是他知道的苏东坡。流亡的现代诗人，恐怕，在家中也如坐监。

乍看，新诗至少有古典诗歌和翻译诗歌这两个可能的知己。细察下来，我们在汉语中没有在家的感觉，西方语言又不能真正成为我们的家，流亡的诗人于是乎奔波在两个家之间，在一个家里思念另一个家。

在家如出家，现代诗成为了语言的寺庙。

“寺者，法度之所在也”——得失之间，语言的法度若隐若现，正在创造之中。

二

现代诗歌在对人们的感知方式的塑造上，无法和古典诗歌抗衡。脱节的审美教育难辞其咎。譬如，月亮引起国人的乡愁，在这个时候每个中国人都是李白；新诗人，即便如徐志摩、海子，也难以企及这种对整个民族的灵魂附体，成为民族的巫师。

古典诗人，基本上是士大夫诗人和官僚诗人。相比现代诗人，不仅拥有更多进入公共世界的渠道，而且拥有更多实现天才、天职、天性、天赋和天福的机会。古典中国的生活，根本上是一种诗歌生活。诗人以诗心为政治生活赋形，并时刻准备纠正后者。正如一位汉学家打的比方，他们甚至可以用诗歌来判案而又不辱没律条，并借此彰显“恶法非法”的法律精神。古中国在根本上追求一种诗的正义。

这一诗歌至上的文明类型，暗合了谢阁兰对中国人独特历史观的思考，即“没有什么静物可以逃避时间的爪牙”，唯有将其转存于文字容器。诗歌，以惊人的、微妙的方式影响着历史，并栖息在了每个中国人身上。一个活生生的丰腴女人的“肌理细腻骨肉匀”之中，仿佛包含着唐帝国全部时间的精华。如牟复礼所察，中国历史一种精神上的过去，永不凋朽的正是人们在历史背景下所感受到的每一个瞬间。这一文明类型，亦合乎维科在《新科学》中的论断，只不过一直处于西方的边缘。我们由此可以理解，为何在政治共同体以及汉语命运共同体发生“范式转型”之际，梁启超和胡适会将期待的目光投向文学。

三

新世界、新文学和新诗的开拓者也许会有这样的感受，相对于这个新世界而言，我们的文学不够用了，我们的诗也不够用了，不管它们曾经有过多么辉煌的历史。这是来自现代世界的第一个惊吓——我们的词不够用了！

我们开始从外来语言中吸收词汇，用以描画只存在于幻想中的新世界。这是另一种补天，如果说还不是创世的话；还有一种说法，这是对古典世界的再次发明；然而首先必须经过现代性漫长的自我流放。然而，这并非是一场文化战争，翻译带着它双向的爱，以及让敌对民族和好的意愿。

我们的词语不断分裂、复合和增殖，才能与重新陷入诸神之争的世界构成对称。我们才能在汉语中找到世界、事物和神灵。翻译的最终成就，是让汉语成为一种普遍语言：在汉语中，可以窥见多元而复杂的世界面貌，而这意味着跨越不同民族和国家的距离。

我们创造词语，与新世界对称。

四

与那种认为“诗是在翻译中失去的东西”的意见相反，歌德在谈翻译时说：

> 我重视节奏和声韵，诗之所以可以成为诗，就靠着它们，但是，诗作中本来深切地影响我们的，实际上陶冶我们的，却是诗人的心血被译成散文之后而依然留下来的东西。

这是对翻译的信任，而歌德又将之用在对人类教育事业抑或教化的理解上。“诗教”，抑或说“美的育教”，是我们失落的黄金传统。

由此我们可以理解，世界文学的概念并非是落后国家的焦虑，而还是出于艺术哲学自身的要求。

诗歌翻译要保持诗人的心血，即使诗中的诗褪色，诗中的散文——也依然坚硬地存在下去，犹如颜料来源。

五

作品和人一样，是会变老的。但丁的《神曲》有不同版本，是因为贝雅特丽齐永远年轻，她对不同时代显示不同面貌。缪斯永远年轻，正如帕斯捷尔纳克幻想有第九百零九位缪斯。

重译不一定就是对原文的订正，而是让原作再次生长。在这个意义上，每一次重译都是新译。鸠摩罗什对道安订正的佛经有如下评价："道安订正处，皆与原文合"，而道安本人并不懂梵文。

诚然，词的补充也就是文化的补充。道安的事例可以表明，翻译就是对原作的寻找，在译作和原作之上还存在着一个更深的原作。它可以是语言，也可以是经义。更准确地说，是各种宗教哲理、政治理论甚或人生领悟。道，不断变化。而诗，是直通种种玄妙的法门。

作为妙笔生花的随从，
它不能只为君主效劳，
而应与更高尚的众人
同在，具有大同精神。

这是塞缪尔·丹尼尔（Samuel Daniel）为蒙田的英译本写的序诗，颂扬翻译。

六

汉语就是我们的祖国。然而，这是一个亟需我们创造的语言共同体。诗人由此奉上他们十字架般的全部的爱情。

诗歌与共和国的联合，如两面镜子彼此映照。这是走向共同体的政治和诗歌（顾默尔《民主与诗歌》）。在词源上，共和国意指共同的产业。语言和诗歌本身也是共和国事业的一部分，诗歌也非个人的梦呓，而还是对共同产业的开发。在圣经中，在史诗中，都出现了对理想共和国的希望和哀悼。而在近代，诗歌更以一种强力纠正着共和国。诗歌共和国的未来，是诗的贵族制与民主制的结合。只有经历了民主的品味，诗歌才能向贵族的品味回归。在这里，我们走向康德的永久和平；而联合国，仍然只是单个国家的隐喻。

七

诗歌，作为永恒的时尚，引领着人们的生活方式；进而，在历史的眼光里，呈现出一种逝去的文明方式。其公共性需要再次被擦亮。

最私人的，亦是最公共的。

人类生存的知识起源于人的个性，而诗人的个性拓展了世界的宽度。问题是，如何从一种幽微的美的感觉，走向一种透明的公共思考？如果说，过去30年已经表达完了不可表达之物，那么接下去，如何不沦为表演和姿态？

面对过去和未来，诗歌在进行着最后的调解。

戴潍娜、王东东合撰

transboundary

越界

诗的安排

——马哈茂德·达尔维什诗选

西川、薛庆国、唐珺 译

马哈茂德·达尔维什

（Mahmoud Darwish，1941—2010）

巴勒斯坦诗人，通晓英文、法文和希伯来文，但始终用阿拉伯文写作。1941 年 3 月出生在巴勒斯坦西北部的比尔瓦村。1948 年，以色列建国，达尔维什一家流亡到黎巴嫩，他中学毕业就参加了支持巴勒斯坦解放事业的以色列共产党，在党经办的报刊当编辑。因“思想激进”，他三次遭当局逮捕和关押。1970 年，他离家前往莫斯科学习，流亡异乡。最初，他成为“乡土诗人”，诗作承袭阿拉伯古典传统，简洁而有音律美，以表达对土地和同胞的依恋。1982 年，以色列入侵黎巴嫩，他流亡塞浦路斯、突尼斯、约旦和法国。而在流亡中，他成为“抵抗诗人”，用诗进行政治号召。1987 年，达尔维什被选举为巴勒斯坦解放组织权力机构巴解执委会委员。1988 年 11 月，他主笔起草《巴勒斯坦国独立宣言》。1993 年 8 月 20 日，巴以和解，达尔维什致函阿拉法特提出辞职。1995 年，他结束 25 年的流亡生涯返回祖国，以笔为生。此后他的诗陷入沉思，意象趋于晦涩。保尔·艾吕雅、阿拉贡、洛尔卡、聂鲁达、希克梅特等诗人都对他有重要影响。在技法上，达尔维什突破了传统阿拉伯诗歌的格律与韵律，被称为“阿拉伯语的拯救者”。

达尔维什始终是政治家，是位“政治抒情诗人”，他诗作的“内在灵魂”是巴勒斯坦人民的斗争，“中心形象”是抵抗战士。巴勒斯坦的两大对立派别：巴勒斯坦解放组织与哈马斯都称他为“富有良知的诗人”。

没啥让我高兴

没啥让我高兴
公交车上的旅客说——无论是广播
还是晨报，还是山丘上的城堡。
我想哭
司机说：等你到了站
再一个人想怎么哭就怎么哭
一个女人说：我也是，没啥
让我高兴。我把我儿子带到我的墓地，
他喜欢那儿，就睡了进去，连声再见也没有
一个大学生说：也没啥
让我高兴的。我学考古但在石头上
我找不到身份，我是否真是
我自己？
然后一个士兵说：我也一样，没啥
让我高兴。纠缠我的鬼魂
我总是与他纠缠不清
紧张的司机说：现在终点站
就要到了，准备
下车……
但旅客们大嚷：我们要比终点站走得更远，
继续开！
而我自己则说：让我在这儿下。像
他们一样，也没啥让我高兴，但我累了
不想再旅行。

我不知道你的名字

——我不知道你的名字
——你想怎么叫我就怎么叫我
——你又不是头羚羊
——不是。但也不是匹母马
——你也不是只流放的鸽子
——也不是个美人鱼
——你是谁？你叫什么？
——给我取个名字，我就会变成你命名的人
——我不能，因为我是一阵风
而你是像我一样的异乡人，名字连着土地
——那么，我是“无人”

——我不知道你的名字，你叫什么？
——在众多名字中挑一个最接近
遗忘的名字。给我取个名字我不出今夜就
变成你命名的人！
——我不能，因为我是个
随风而行的女人，而你也像我是个旅人，
但名字连着家人和不同的家
——那么，我是“无物”……

“无人”说：
我会给你的名字填满欲望。我的身体
从你每一个方向将你聚拢。我的身体
朝我每一个方向抱住你，让你成形，

我们就可以去寻找生活

然后“无物”说：和你在一起
生命就美好……美好的生命！

晚上她孤单一人

晚上她孤单一人
我也像她一样孤单一人……
在冬日的饭馆在她的蜡烛和我之间
隔两张空桌（无人打扰我们的安静）。
她不看我，当我看到她
从胸口取下一朵玫瑰
我也不看她，当她看到我
从我的葡萄酒吸出一个吻……
她没有掰碎她的面包
我也没把水
洒到纸桌布上
（我们的清澈无人打扰）
她独自一人，我独自坐对她的
美丽，这美味为何没把我们聚到一起？
我对自己说——我为什么不去品尝一下她的葡萄酒？
她不看我，当我看到她
并未交叉双腿……
我也没看她，当她看到我

脱下我的外套……
她没有烦扰当她与我在一起
我也没有烦扰，因为我们现在
同在遗忘的和谐中……
我们各自的晚餐都很好
夜的声音是蓝色的
我不孤单，她也不孤单
我们一起听那水晶般透明的夜色。
她没说：
爱在变成一个想法之前
诞生为一个现实。
我也没说：
爱已变成一个想法

但好像是这样……

以上3首西川 译

我们有一个祖国

我们有一个祖国，它没有疆界
就像我们对未知的想象
它狭小而宽广
当我们行走于祖国的版图，它变得狭窄
把我们带入灰色的隧道

我们在它的迷宫里呼喊：我们依然爱你
我们的爱，是一种遗传病
当祖国把我们抛弃给未知……它变得广大
随之变大的是杨柳和一些形容
它的青草和蓝色的山峦在变大
灵魂以北的湖泊在扩张
灵魂之南的谷穗在拔高
柠檬籽在迁徙者的夜晚亮如明灯
地貌绚烂成一卷卷圣书
一道道山丘蜿蜒上升……上升
“我若是一只鸟，便会点燃我的翅羽。”
流亡者对自己说。秋日的香气化为
我喜爱之物的形象……
细雨渗入干涸的内心
于是想象对想象源敞开
变成空间，变成唯一的真实
远方的一切回归为原始的田园
似乎大地仍然在塑造自己
为了迎接从天堂下凡的亚当
我说：那就是孕育我们的祖国……
我们何时诞生？
难道是亚当娶了两个女人？
抑或我们还将再次降生
才能将罪过忘却？

这就是词语

这就是在心中飘扬的词语，
心中有块以天空为名的土地，由这词语荷载。
死人做梦的时候不多……即使做了梦，
也不会有人相信。
这就是在我体内，像一只只蜜蜂般飞舞的词语……
假如我在蓝色上书写蓝色，
歌曲就变成绿色，生命重回我这里。
因为词语，我发现通往姓名之路变短了。
诗人高兴的时候不多……即使高兴了，
也绝不会有人相信。
我说：我依然活着，因为我看见词语
在心中飘扬。
心中有首歌曲，摇摆于在场和缺席之间，
它把门打开，只为把门关闭。
这首关于雾的生命的歌曲，
它只顺从
我已忘却的词语！

共同的敌人

战争要开始午睡了。战士们疲惫地走向自己的女友，担忧他们的话语遭到误读：
我们胜利了，因为我们没死。敌人也胜利，因为他们也没死。

失败只是个孤零零的词语。然而每个战士，在他爱人面前却不是士兵：
若不是你的双眼一直盯着我的心，它已经被一颗子弹击穿。
或是：若不是我不想被人杀死，我也不会杀死任何人。
或是：我害怕你面对我的死亡，活下是为了让你放心。
或是：英雄主义，是个我们只会在墓碑上使用的单词。
或是：战斗时我想的不是胜利，而是平安，是你背上的那颗痣。
或是：平安、和平、你的闺房，它们之间的差别何其微小。
或是：我在干渴时向敌人求水而不得，于是我呼唤你的姓名，
便立即解了渴……
双方的士兵在他们的爱人面前说着相同的话语，
而两方的死者直到最后才懂得，他们有一个共同的敌人：死亡。
这其中意义何在？意义何在？

在这块土地上

在这块土地上，有配得上生命的事物：
四月的踌躇，
清晨的面包香，
一个女人留给男人们的避邪符，
初恋，石头上的青草，
在笛声之缕站立的母亲们，
侵略者对记忆的恐惧。

在这块土地上，有配得上生命的事物：
九月的末尾，

年过四旬依然盛开如杏花的少妇，
监狱里晒太阳的时辰，
模仿着成群动物的云彩，
为微笑的就义者欢呼的人民，
暴君们对歌咏的恐惧。

在这块土地上，有配得上生命的事物；
在这块土地上，有大地的女主人
一切初始的母亲，一切终结的母亲；
她，曾经被称为巴勒斯坦，
她，后来被称为巴勒斯坦。
我的女主人，我配得上——
因为你是我的女主人
我配得上生命。

“爱经”[1]的一课

用镶满天青石的酒杯
等她
在夜晚和曼陀罗周围的水池上
等她
怀着准备奔向山谷的骏马之耐心
等她

1 《爱经》(KAMA SUTRA)为古代印度一部以经书的形式写成的关于性与爱、哲学和心理学的著作。

以高贵王子的好品味
等她
以七只填充了轻盈云朵的枕头
等她
用芳香四溢的女性之香点燃的火苗
等她
用马背四周的檀香散发的雄性气息
等她
别心急，如果她来迟了
就再等等她
如果她来早了
也等等她
不要惊飞了她发辫上的小鸟
等她
等她舒服地坐下，如同坐在花团锦簇的花园
等她呼吸心头这奇特的空气
等她
等她从腿部撩起裙子，露出云儿一朵朵
等她
带她到阳台看沉入乳色的一轮月亮
等她
请她喝水，然后端上葡萄酒
却不要盯着她胸前一对沉睡的鹧鸪
等她
当她把酒杯放上石台
轻轻抚摸她的玉手
就好像为她拂去露珠

等她
同她说些什么
就像长笛对着忐忑的琴弦诉说
就像你们见证了明日为你们准备的一切
等她
用一只只戒指点亮她的夜晚
等她
直到夜对你说：
现在，世界上只剩下你们俩
那么，请温柔地领她前往你渴望的死亡
等她……！

《壁画》（节选）[1]

一如耶稣在湖上行走，
我走在自己的幻境里。只是
我走下了十字架，因为我恐高，
也不能宣告复活的福音。
我只是变换了自己的旋律，
以便清晰地倾听心跳的声音。
史诗的英雄们有他们的雄鹰，而属于我的，
是鸽子项圈，上空一颗被遗弃的星辰，

---

1 2000年，诗人心脏病发，一度病危，在治疗期间写下长诗《壁画》，期望留下一部如壁画般不朽、如阿拉伯贾希利叶悬诗般具有永恒意义的遗作。这里选译的，是长诗的尾声。小标题为译者所加。

还有一条通往港口的街道。
这片大海属于我，
这潮湿的空气属于我，
这条人行道、我在上面留下的步伐
和精液……属于我，
公交老车站属于我。属于我的，
还有我的幻影及其主人，
铜制的器皿，宝座经文[1]。钥匙属于我，
大门，门卫，门铃属于我。属于我的，
还有飞出高墙的马掌。我曾拥有的一切，
属于我，
圣经里撕下的纸页属于我，
家园墙上泪痕里的盐属于我；
还有我的名字，那五个横着书写的字母[2]，
即使我读错了，也属于我：
M: 痴情者，孤身者，昔日未竟之业的完成者；
H: 花园，爱人，双份的迷茫和忧伤；
M: 冒险者，被注定、亦准备好赴死者，
　被许以流亡者，因期待而患病者；
U: 告别，大小适中的玫瑰，
　对出生地——无论那是何地——的忠诚，对父母的允诺；

1　即《古兰经》“黄牛章”第 255 节，此节总结了安拉的本体、德性与行为，被视为全经的纲领。译文为“真主，除他外绝无应受崇拜的；他是永生不灭的，是维护万物的；瞌睡不能侵犯他，睡眠不能征服他；天地万物都是他的；不经他的许可，谁能在他那里替人说情呢？他知道他们面前的事，和他们身后的事；除他所启示的外，他们绝不能窥测他的玄妙；他的知觉，包罗天地。天地的维持，不能使他疲倦。他确是至尊的，确是至大的。”（马坚译本）

2　诗人的名“马哈茂德”由五个阿拉伯语字母构成。下文每个字母后面出现的单词或短语，都以该字母起首。译文以发音接近的英文字母替代阿拉伯语字母，对于字母后的单词和短语，则采取意译。

D: 向导，道路，被抹去的家园洒落的泪水，娇宠我、又伤害
我的飞鸟……
这个名字属于我，
也属于我的朋友，无论他们身在何处。
属于我的，还有一副暂时的躯体，
无论是在场或缺席。
这块土地取两米便已足够：
我有一米七五，余下的留给一束色彩凌乱的花朵，
让它慢慢把我吮吸。属于我的，
有我曾经的所有：我的昨日；
还有我将来的所有：我遥远的明天，
被放逐的灵魂的回归，
就像什么都未曾发生，
就像什么都未曾发生；
还有荒诞现时的臂膀之上
一个微小创伤。
历史嘲笑它的牺牲者和英雄，
瞥了他们一眼就扬长而去……
这片大海属于我，
这潮湿的空气属于我，
我的名字，即便我读错了
写在棺材上的我的名字，
也依旧属于我。
而我，我已经聚满
离去的所有理由，
我不属于我，
我不属于我，
我不属于我……

夏与冬

没有什么新鲜事。这里的季节只有两个：
漫长的夏天，长如远方的宣礼塔。
冬天，犹如一位修女在虔诚祈祷。
至于春天，
则无法停下脚步，
除了在耶稣升天时
驻足道一声：您好！
而秋天，
不过是闭门回味
我们的岁月年华
如何飘零在回归的路途。
我们把生命遗落在何处？我问一只
绕着灯光飞舞的蝴蝶，
顿时，它在泪水中燃烧。

以上7首薛庆国、唐珺 译

“写下来，我是一个阿拉伯人”

拉贾·舍哈德 采访、撰文

王立秋 译

诗人必须有能力把日常与形而上学关联起来。坦克在我家门口的迫近，以及生活问题对我的搅扰，使写诗也变得困难。

马哈茂德·达尔维什是2001年莱南文化自由奖（Lannan Prize for Cultural Freedom）得主。他被认为是阿拉伯世界最重要的诗人之一。他在阿拉伯各国首都举办的朗诵会挤满了成千上万——有时候是数万——来自社会各阶层的人。批评家哈桑·卡德（Hassan Khader）认为达尔维什是爱的诗人。达尔维什的早期诗作以抒情为主；后来则倾向于谈论更具象征性的抽象主题。卡德称，达尔维什通过使诗歌超越转瞬即逝的政治关切而深入了更加形而上的主题，并且把阿拉伯抒情诗从60年代的停滞中拯救出来。他的创新同时影响了抒情诗的形式和内容。在达尔维什的诗中，私人的关心与公共的关注达到了精妙的平衡，并通过诗的想象表达出来。这对阿拉伯世界的好几代诗人产生了深刻的影响。

达尔维什在我生活的拉马拉山上也有个房子。我们的家相距不到四分之一英里。和所有其他的巴勒斯坦城市一样，拉马拉自 2002 年 6 月 24 日也处在以色列的军事戒严之下。以色列的坦克昼夜在拉马拉狭窄的街道上轰鸣，往往还会夷平路边的墙垣和电话亭。戒严期间出门的人都有被射杀的危险。所有运动都被禁止了。近 100 万人民被迫放弃了他们的工作、他们的生活方式、他们对快乐的追求，被锁在家里——这是在现时代，由现代国家实施的集体惩罚的最恶毒形式之一。这一恶毒行径毫无约束。世界上的一些政府敦促以色列把军队撤出巴勒斯坦的人口中心，但后者对这些呼吁充耳不闻。戒严使我没法去见马哈茂德，尽管我们住得很近。直到 2002 年 7 月 4 日，戒严解除了 5 个小时，我们才有时间聚在一起进行以下对话。

拉贾·舍哈德：我们开始吧。长期的戒严状态对你的写作有什么影响？

马哈茂德·达尔维什（以下简称达尔维什）：在这种情况下，要思考任何与政治无关的主题都是困难的。诗需要空间来进行超越当下此刻的深思。它也需要脱离当下的境况，这样诗人才能把当下的时刻与更大的问题联结起来。诗人必须有能力把日常的和形而上学的关联起来。但我家门口坦克的迫近和我对生活问题的专注，使写诗也变得困难。

我强烈地感觉到一种把自己从当下此刻之偶然解放出来的冲动。我写了一篇关于戒严状态的长文，在文中，我试图把自己从以色列的占领中解放出来，并投身于诗歌。但因为占领是常态，所以，这将一直是一场漫长而艰难的斗争。

舍哈德：你写散文么？

达尔维什：我喜欢散文。有时我觉得散文可以达到一种比诗更深刻的诗境。但时不我待，我的诗歌计划还没有完成呢。散文和诗歌在我身上互相竞争，但我偏向诗歌一方。

舍哈德：是什么促使你写作《为了遗忘的记忆：八月，贝鲁特，1982》（Memory for Forgetfulness: August, Beirut, 1982），那本关于贝鲁特戒严的书？你在这本书的开头写道，“从一个梦中，生出另一个梦”，接着你用一系列生动的散文诗来呈现了一座戒严下的城市的声音和景象。这本书是怎么写出来的？

达尔维什：我是在事件发生四年后才写那本书的。当时我生活在巴黎。写那本书花的时间可以说创了纪录——只用了两三个月。那时，我不能把自己从戒严的影响、从关于贝鲁特的记忆解放出来。我不能写诗。跟现在的情况类似。所以我通过写那本散文来解放自己。我写作那本书的动机是个人的。我不是历史学家也不是分析者。我是出于个人原因才写那本书的。通过写那本书，我克服了我的写作屏障。

舍哈德：你经历了两个时期——那时和现在有什么相似之处么？

达尔维什：贝鲁特的戒严比现在更紧张也更危险。那是一场经典意义上的战争。没有一条街道不危险。从那场战争生还的人只是侥幸。当时，在贝鲁特，生命时刻处在危险之中。每个人的生命。在这里，一切都是按期来的。有短的、紧张的、危险的时期，也有更长的、痛苦难熬的时期。最糟糕的时候，四月份，我碰巧在欧洲。所以我错过了最危险的时候——那时每天都有轰炸和枪杀发生。现在戒严成了常规。不再有战斗。但这种状况把人削减至这样的境地：他们所关心的，不过是戒严什么时候解除，什么时候会有人来收垃圾，什么时候可以去办公。这整件事情不再是一个新闻。它成了生活的一部分，熟悉而不见外。这就是最糟糕的地方。在日光下它不再是什么强烈的意象了。现在人们对它的回应几乎是冷漠的。我不知道会不会有人来记录这种经验。我不知道这样的记录会是什么形式，也许，要结合散文与诗歌的形式。但首先，在事件与写作间需要有一个时间上的间隔。

舍哈德：你最早开始写诗是什么时候？

达尔维什：小时候我身体不好。我不能参加游戏。我不能摔跤或踢球，不能在运动中使自己出众。所以我转向了语言。大部分时间我都和成年人混在一起。我会参加家庭聚会，爷爷和我们的邻居会吟诵中间穿插着韵文的古老的阿拉伯传说。它们是浪漫的故事，照例，其中就会有爱人和诗人。我会聆听这些故事，并被其中的诗歌打动。我不理解为什么。我只知道，诗的声音吸引着我。我不理解其中许多夸张的语言，但它还是给了我这样的感觉，即我的困境，可以通过语言来解决。这一经验在我心中唤起对语言的爱。我开始梦想成为一名诗人。我相信是有超人能力的神秘人物。年轻时我就开始写诗了，但我并没有意识到，我写的就是诗。我的父母和老师都鼓励我写作。我想出色，既然我不能通过运动来做到这点，写作就成了我的舞台，语言也就成了我的武器。当然所有这一切都只是孩童的游戏。只是到后来，我才严肃地投身于诗歌。

舍哈德：你什么时候开始认真把自己当作一名诗人来看待？

达尔维什：我没有。我认真看待的是诗。讽刺的是，是加利利（我在那里长大）的以色列军政长官最早教我这么做的。在某种意义上，他是我的第一个文学批评者，是他，教会我认真看待诗歌。

当时我十二岁。我所在的村子处在以色列的军事统治之下。我是我们班的尖子，在以色列独立纪念日的时候被邀请去朗诵一些我写的东西。当然，我读的是一首反思身为阿拉伯人的我们，却要被迫庆祝以色列独立日的处境的诗。

第二天，军政长官叫我去他办公室，斥责我不应该写这样一首诗。当时我只知道，我写的和读的，是我认为真实的东西。我没有错，我也不知道直言不讳是危险的。这一事件使我非常惊讶：强大的以色列国家竟然为我写的一首诗感到不安！这必定意味着，诗是件严肃的事情。我有意写出我深切诚实地认为真实的东西的行为，是一个危险的活动。

舍哈德：你是一个人去见军政长官的么？

达尔维什： 是啊，就我一个人，一个十二岁的小孩，去应那个为我写的一首诗感到不安的军政长官的召。想象一下！

舍哈德：你家人有什么反应？

达尔维什： 他们既为有一个说出他们不敢说的话的儿子而感到骄傲，又为我的未来而感到担忧。当然，我被迫为我的写作付出了沉重的代价。在满十六岁的时候我就被关进了监狱。在那之后我就一直在监狱进出。

但我家人也从来没有阻止我做我在做的事情。

后来，我和以色列共产党走得很近。这使我有了这样的想法，那就是，诗可以成为变革的工具。我一直认真对待这个想法，直到我得出自己的结论：诗什么也改变不了。诗可能会影响人们感觉的方式，但它对现实没有实效。它改变的唯一一个人，是诗人自己。

但我不真把自己当诗人。相反，年岁越大，我就越看重我的诗，越担心未来。

舍哈德：这是一种对失败的恐惧么？

达尔维什： 是一种对自我重复的恐惧，对陷入不能再前进的境地的恐惧。我相信，人自我发展的能力有一个极限。我每完成一部诗集，都会感觉那是我的第一部也是最后一部诗集。它使我感到沮丧。在写作完成的时候，我总会有这样的感觉。有时我会觉得我什么也没做成，一场失败。

我不确定任何事；我对一切成功或成就都持批判态度。

舍哈德：在开始的时候，你认为诗人的人格形象是什么？

达尔维什： 在年轻的时候，我认为诗人是一个不自然的人。我一直受制于大众眼中的诗人形象。那是一种狭隘的看法。许多人相信，诗人必然是一个神秘主义者（注：尤其考虑到苏菲诗人的传统）或一个波希米亚人，他不落凡尘，不关心普通人关心的事情。这些形象，在被少数诗人投射后被肯定为了事实。在我朝诗人的方向努力，并结识其他诗人的时候，我发现这些形象没一个是真的，我也就摆脱了这样的奇想。

舍哈德：人们眼中的诗人形象给你造成了怎样的困扰？

达尔维什：困扰我的是这点，即，人们不能区分一个人公共和私下的形象。因为我有公共的一面，所以人们经常就意识不到，我也有一个必须受到尊重和保护的、个体的自我。

我也饱受谣言之苦。按照人们关于诗人人格的定见，我被认为是一个唐璜似的、酗酒的家伙。我越出名，关于我和我的私生活的谣言也就越厉害。一个著名诗人可能就要接受公众的阐释和评判。有一次我读到一篇来自叙利亚阿勒颇的一位作家写的关于我的文章。他用大量的细节描绘了我生活的宫殿，和我穿的纯金纽扣的衬衫。他当然是在谈论在我的位置上，他——而不是我——会做的事情。事实是，我是一个非常注重隐私的人。我不喜欢去公共场所。我一辈子也没去过夜店。我也不去咖啡馆瞎坐。我既不是波希米亚人也不是酒鬼。我是一个非常爱家的人，大部分时间，我都是一个人在自己家里度过的。

舍哈德：可你却培养出一个非常公共的自我。在你上次去贝鲁特的时候，你在一个足球场对两万五千多名听众诵读了你的诗。你会从你的读者那里感觉到要写吸引他们的东西的压力么？你真实的自己，和别人对作为诗人的你的预期有重合的时候么？这对你来说是一个问题么？

达尔维什：我和我的读者养成了一种牢固的关系。我作为一名诗人的形象经历了好几次变化。在一开始的时候，我作为诗人是以写感性的、人性的主题而著称的。我最著名的诗，是关于我母亲的。接着，我变成了一个写作民族主义主题的诗人。我写了“写下来，我是一个阿拉伯人”，这首诗变得非常出名。我继续朝这首诗的方向走了很长时间。我开始被它定义。但我前进的欲望和我心中的叛逆使我不能顺着我的读者对这首诗的喜爱去写。我把它（读者对那首诗的喜爱）看作阻碍他们接受我的美学发展的障碍。但我成功地使我的读者跟上了我的脚步，我觉得，我赢得了他们的信任。他们在不放弃相信我对人道主义或民族主义原则的坚持的同时，也相信我在美学发展上的投入。我发现，诗的形式及其内容的发展之间并无矛盾。我的听众、我的读者，都鼓励我去实验。只要我赢得读者的信任，他们就会给我在我的诗歌的范围内做我想做的事情的自由。他们不再从我这里期待我在过去给予的东西，而开始期待我给他们新的东西。所以现在，并不存在这样的问题。当然，读者一直在预期我的诗会有政治的内容出现，但他们不再单单满足于政治的内容了，他们愿意更进一步，欢迎我带来的美学的发展。

舍哈德：你以持续引入诗歌创新的最杰出的阿拉伯诗人之一而著称。这意味着什么，你是怎样尝试引入这些创新的呢？

达尔维什：我所理解的创新，是形式的变革。我是最早开始以非传统方式写作的诗人之一，按这种写法，诗不会一韵到底。

舍哈德：是什么影响你向这个方向走的呢？在阿拉伯语诗中，这一突变的诱因是什么？

达尔维什：在1948年后，我们这些留在后来的以色列国的巴勒斯坦人发现自己一败涂地。那是一个最令人困惑的时代。古老的诗歌形式不能帮助我们表达我们所处的那种状态。因此也就有了对创造一种革命性的表达形式，有了对革命诗的需要。这是一种对我们无法控制的事件的自发的回应。它倒不是一种深思熟虑的、事先研究过的回应。

舍哈德：然而，动荡的时代，也可能带来截然相反的结果。因为时代是如此地不确定，以至于你也本可诉诸传统以寻求安慰，有没有这个可能呢？

达尔维什：这是可能的。

舍哈德：那为什么没有那样做呢？

达尔维什：当时在我们共同体中，有两种同时出现的，对政治变动的回应。有看起来不受 1948 年后发生到我们共同体头上的事情影响，不为之而感到愤怒的保守派。也有与以色列当局合作，庆祝以色列独立日——就好像是他们自己的独立日一样——的人。这些人里头的诗人写的就是传统诗。叛逆的是那些拒绝传统的形式，而用新的形式来写诗的现代主义者，他们是反抗者。

舍哈德：你会怎样描述你写诗的历程？

达尔维什：我还没有一个总的看法。在我下工夫写一首诗的时候，我知道我在做什么。我知道我是怎样发展我的技艺、通过写好眼下的章节而在更大的计划中向前推进的。但这条道路的本质，对我来说还不清楚。

舍哈德：你是在别人作品的基础上建设的吗？

达尔维什：是的。正是这样。我觉得没有一首诗是从虚无开始的。人类已经生产出如此之多的诗歌成果，其中很多品质还非常之高。你总是在别人作品的基础上建设的。（诗这本书）没有开头的空白页。你能希望的，只是找到一个狭小的，可以让你写下自己名字的页边空白。

舍哈德：你自己的诗里有某种连续性么？

达尔维什：我发现我的诗没有一首不是从先前某首诗埋下的种子生长出来的。一些批评家让我注意到了这点。我总在拾起、发展先前作品中的一行诗或一个词。我担心的总是接下来该怎样写。

这是唯一一种未来没有保障的写法。灵感枯竭对每个人来说都是不可避免的。结局我们知道得太清楚了；我们不知道的是开始。

我最开心的是公众阅读并能阐释我的诗中一个对我来说尚不清楚的方面的时候。诗人的生命是以读者为前提条件的。

舍哈德：你会担心你写的是你的读者预期你写的东西，而不是你自己想写的东西么？

达尔维什：我的读者很多，从学者到普通人都有。我不会要求我的读者来理解我，但我相信，他们对我写的东西有感觉。诗不是只有一个维度的演说；它有多个层次。我相信在我朗诵的大厅里，人们是在感受我的诗并被它吸引的。这跟对音乐的响应一样。你不可能描述到底发生了什么，但你知道你对音乐有所回应。在我写作不畅的时候我经常会跑去听音乐。我开始阐释音乐。

舍哈德：什么音乐？

达尔维什：西方古典音乐。

舍哈德：你最喜欢的作曲家是谁？

达尔维什：莫扎特。

舍哈德：你说诗可以是变革的载体这种想法并不正确。那你觉得你对巴勒斯坦的民族斗争有贡献么？

达尔维什：在一开始的时候，我的诗对巴勒斯坦认同的发展有贡献。诗人可以在语言方面对一个民族的发展做出贡献。他可以给人民权力，让人民变得更人道、更能够容忍生活。在哀悼和庆祝的时候，人们经常朗诵我的诗。它也给人快乐。我的一些诗还被改编成了歌，这些诗多少在心理上给人们一些对丧失、失败的补偿。

但我关心的，主要还是我的诗对阿拉伯语诗歌的发展能有多大贡献。

舍哈德：你说过想要把阿拉伯语诗歌从古老的形式中解放出来。我想听你多谈谈这个。

达尔维什：在历史的多个节点上，诗的意象，会因为过度使用而被耗尽；就诗歌而言，所有的革命都是，把诗从侵袭它的美的枯竭中解放出来的尝试。变的欲望非常重要，无论是通过切断与过去的联系还是别的什么方法。

1967年，随着阿拉伯在六月战争中的失败，变革的欲望非常强烈，因为许多人把战败归咎于修辞。这当然是一种夸张。正确的说法是，我们试图补偿我们民族所遭受的失败的奇想、和言辞上的胜利太多了。

面对这种情况，诗人觉得应该通过更强地关联现实，来强化他的诗歌。因此，就有了把诗歌从空洞的修辞和浪漫主义中解放出来、重新给它生活之脉动的冲动。之后，又有了把诗歌从现实主义和现代主义（当然，是阿拉伯版的现代主义）中解放出来的尝试：通过彻底背离现实、情感和传统的形式。

然而，在阿拉伯语诗歌经历的这些阶段中，值得注意的是，所有这些变革都与政治事件有关。第一次战败使我们回到现实，接下来在克服战败上的失败，又使我们走向了一种对现代主义的错误理解。

换言之，在缺乏外在事件和政治影响的情况下，诗是不会自我反思的。特别地，就巴勒斯坦而言，我们的诗需要的，是人性化。我们不可能为我们与以色列的关系——无论是肯定还是否定——所界定。我们有我们自己的认同，有我们特有的人格，就像我们除与其他人共享的问题外，还会有为我们的境况所引发的，我们自己特有的问题那样。巴勒斯坦人不可能仅仅被定义为恐怖分子或自由斗士。任何陈腐、常规的形象都会削减、篡夺巴勒斯坦人的人性，使人们不能把他当作人——单纯的人来看待。那样的话，他就会变成要么英雄、要么受害者——而不仅仅是一个人。因此，我非常严肃地拥护我们不务正业的权利。我坚信我们不务正业的权利。可悲的事实是，要达到不务正业的阶段，我们将不得不先取得对拦在我们享受这一权利的道路上的那些障碍的胜利。

舍哈德：你在拉马拉生活了多久？有四五年了吧？

达尔维什：五年。

舍哈德：这期间你有什么变化呢?

达尔维什：我写了一部情诗。我的第一部诗集就与爱有关。本来，在巴勒斯坦外我是不能写作的。也许，我需要写写爱，来把自己从人们对我的预期中解放出来——人们预期我是一个一定要写写我回归巴勒斯坦这件事情的巴勒斯坦诗人。所以我没写那个。我写了爱。

我写爱也是一种肯定和一种发展。巴勒斯坦作家往往不能写作形而上学的主题——爱与死亡——因为有更紧迫的问题：压迫、占领、抵抗、和解放。所以，写爱也是一种解放我的人性的一面的形式。

所以，在巴勒斯坦生活的时候，我不会直接写作巴勒斯坦。

我也写了《戒严状态》，一个诗人的日记，写的是通过在诗中寻找美、在自然中寻找美来抵抗占领。它是一种通过诗来抵抗军事占领的方式。永恒、永存、永久的东西，胜过了戒严和暴力。

舍哈德：拉马拉周围的风景对你的诗有什么影响?

达尔维什：大自然，无论你对它的描述多美，也要比言辞对它的模仿更美。

巴勒斯坦的风景是独特的。因为旧约经常书写、描绘它，所以在体验它的时候你不可能感觉不到那些辞章的回响。也就是说，你会开始参照文本来阅读自然，而不是反过来，从眼前的自然去回想文本。这片土地充满了传说与神话。我是一个世俗的人，但我也发现，我不可能使自己免于这样的感觉：在这里，真主对人说话，并施展祂的奇迹。我发现这风景已被写过，而因为对它的描述是如此充分，以至于我会觉得，要再写点什么很难。诗的意象在地理上被实现了。我身为一名当代诗人所扮演的角色，是把自然的风景，从那些传说的重负中解放出来，并消除它所承受的历史的负担。我们需要把玫瑰读作玫瑰，把玫瑰当作玫瑰来读，而不要把它阐释为阿多尼斯的血。诗人要做的事情是歌颂生活，不是通过历史，而是通过生活本身来歌颂生活。

舍哈德：当你在阿拉伯世界读你的诗，和当你在巴勒斯坦读你的诗的时候，你会觉得有什么区别么？

达尔维什：在阿拉伯世界，我觉得空间更大了。在巴勒斯坦，人没有歌颂的空间。压迫和占领让你觉得没有时间来给诗歌。在阿拉伯世界则不一样。这么说我不是要怪谁。在贝鲁特，我为两万五千人朗诵；但在这里，人们没法在城市与城市之间，在村子与村子之间流动。为朗诵而聚集那么多人是不可想象的。以色列当局就不允许。

舍哈德：你完成一部诗集平均要多长时间，你会和别人分享你的诗稿么？

达尔维什：平均起来，我每两到三年完成一部诗集。我经常要写三稿。在第一稿里我会把一切都写下来。然后我开始思考结构。在最后一稿里，在进行最终的结构调整和编辑的时候、在最后的产物开始变得清晰而确定的时候，快乐也就来了。我一般给诗人、批评家和不是文人的朋友看我最终的诗稿。

舍哈德：如果你写一部作品要一年，而在此期间你又不和他人分享你的诗稿的话，那么这是不是意味着，在这一年里，你完全是一个人在工作？

达尔维什：孤独是写诗的条件。没有一件艺术品不是在孤独中完成的。你必须一个人，用你的手拔出你的刺。如果在此过程中，你未能意识到你的计划的话，那么，也没人能为你的失败给你补偿。你要独立承担这个打击。你必须独自承受这个压力，同样，你也只能独自享受随你得知自己完成了一件真正杰出而美妙的作品而来的雀跃。

舍哈德：对诗人来说，在像巴黎那样的城市生活，和在像拉马拉这样的大村子生活，哪个更容易？

达尔维什：就获取经验和深化个人的知识而言，城市更好，但要着手写作的话，村子分心的东西要少一些。地方越小越利于写作。在我家里，我写作的房间就是房子里最小的那个。

舍哈德：在正常的时候——也就是说没有戒严的时候——在一天的辛勤工作之后，你觉得拉马拉有什么东西可以让你分心么？（如果没有的话）你难道不会因此而渴望城市可以提供的东西么？

达尔维什：我欢迎城市提供的那种匿名性。拉马拉不是城市。确切说来它也不是一个村子。你应该还记得我不是拉马拉人，在这里也没多少关系。在拉马拉唯一能让我分心的事情是在我房子周围的群山间漫步时，眼前所见的自然。

舍哈德：那么，你为什么留在这里？你是可以离开的呀，你为什么不离开呢？

达尔维什：我有时也会问自己这个同样的问题。留在这里的第一个动机是道义上的。我还没有摆脱对我一开始离开巴勒斯坦——当我离开加利利的村子的家的时候——的怀疑。我一直在问自己，离开是对的么？我不能重蹈覆辙。可以说，我一直在流亡，然后，终于有机会回来了。回到这片土地的一部分。我不觉得我应该浪费这个机会，尽管我也不确定，这个过程能不能帮我真正地回到自己的家。我很怀疑（允许我回到拉马拉的）这个进程能否通往完全的独立。

只有在巴勒斯坦解放的时候，我才会把自己从巴勒斯坦解放出来。那时，留在这里就不再是我写作的条件了。要追求的，写起来容易。要实现，却难。没有人会赞美一个被解放了的国家。你赞美的只会是还没有被解放的国家。

我没有离开是因为我苦于我第一次离开留下的良知之痛。问题在于我和我自己之间，而不在于我和我的人民之间。

舍哈德：那哪里给你家的感觉更多，拉马拉，还是加利利？

达尔维什：加利利是我的家。我的人格是在那里形成的。我个人的国家在那里，我对那地方，对它的山、石、植物和落日有感情。

巴勒斯坦是群体的祖国，但我个人的国家是我可以说明和理解每一朵花的地方；是我长大的地方。那是加利利，而不是拉马拉。然而，我不可能回加利利，我也接受了，我不可能再把它当家了。

[时至正午，我们可以听到以色列坦克又回到了我们的街道，这意味着，戒严又开始了。是时候放马哈茂德回家了。]

我们苛刻相待

——玛格丽特·阿特伍德诗选

周瓒 译

玛格丽特·阿特伍德

（Margaret Atwood，1939— ）

她从 1956 年开始写作，其创作横跨小说、诗歌、文学评论众多领域，著有长篇小说《可以吃的女人》《女仆的故事》《猫眼》、《别名格雷斯》《珀涅罗珀记》《盲刺客》等，短篇小说集《舞女》《蓝胡子的蛋》《荒野指南》等，以及若干诗集。阿特伍德的父亲是位昆虫学家，她童年春天居于林区，冬天返回城市，这使她成为环境保护主义者，“荒野”这一意象始终出现在她的作品中。她曾三次获布克奖提名，并凭借长篇小说《盲刺客》摘得此项桂冠。她先后就读于多伦多大学、美国哈佛大学，曾在加拿大、美国、澳大利亚众多大学任驻校作家，始终在树立加拿大文学的形象，被称为“加拿大文学女皇”。

20 世纪 90 年代起，阿特伍德的诗被翻译到中国，性别、宗教、加拿大、神话等诸多主题穿插浮现于她的作品。在她看来，西方自神话时代起就将女性定义为男人的附庸，因此她重述神话，将海伦、莎乐美等放置于叙述的中心。因此被定义为写女权、重述神话的小说家。其实阿特伍德是以诗人身份登上文坛的。从 19 岁开始，阿特伍德就发表了第一首诗作，至今已出版十几部诗集。她将日常的生活经验拔高到哲学的程度，女性的细腻与犀利的洞察力双管齐下，万物如诗，不拘于形式。

我们苛刻相待

一

我们苛刻相待
却说这是诚实，
小心翼翼挑选我们参差不齐的
事实，并对准它们穿过
中立的桌子。

我们说到的事情都是
真相；是我们扭曲的
目标，我们的选择
把它们转变为罪恶。

二

当然你的谎言
更为有趣：
你每一次都更新它们。

你的事实，痛苦又烦人
一次次重复它们自己
也许恰恰因为你对它们
拥有得可怜

三

一个事实应该是存在的，
它不应该被这样
运用。如果我爱你

那是个实情还是件武器？

四

身体躺下
像这样移动吗？这些是
触摸、头发，以及我那
匆匆碾过你的谎言的潮
软的大理石的舌头吗？

你的身体不是一个词，
它不撒谎也不
说出事实。

它只是
在这里和不在。

起先我有几百年

起先我有几百年
在洞穴中等待，在皮革
帐篷里，渐渐懂得你将永不回返

接着时间加速：只
几年，在你吵嚷着
进入深山的那天，与（又是
春天）信使进门，我从刺绣
绷架上抬起身的那一天之间。

那样的事发生过两回，抑或更
多；有一回，不久
之前，你失败了，
坐在一张轮椅里回来了
留一撇小胡子，一块晒斑
你令人难以忍受。

可就在上一次之前，我记得
我有过一段美好的八个月时光
在火车沿线奔跑，裙子被勾住，从车窗
给你送上紫罗兰
和打开信之间；我看着
你的快照褪色差不多二十年。

而最后一次（我驾车去机场

仍然穿着我的厂房
工作服，我忘了的
活动板钳从后面的衣袋里
伸出来；你在那里，
拉上拉链，戴上头盔，时间是午夜
你说“要
勇敢”)，那至少是在我接到电报
并开始后悔的三个星期前。

然而最近，在那些糟糕的夜晚
只有片刻
在广播里的警告和爆炸
之间；我的双手
够不到你

在更宁静的夜里
你从你的椅子上
跳起来，甚至没有碰你的晚餐
而我未能和你吻别
在你冲向大街与他们开枪之前

你快乐

流水向下
流经这块粗砺的石头转了个大弯，

坚硬的冰壳包围着它

我们分散开行走
沿着这小山去那开阔的
沙滩，空空的
夜餐桌，风
推挤着褐色的波浪，侵蚀，砂砾
磨锉着砂砾。

在这条沟渠里，有一只鹿的
尸体，没有头。鸟儿
穿越耀眼的道路
在低低的粉红色太阳下。

当你是如此寒冷
你不能思考
任何事除了寒冷，这些意象

撞进你的眼睛
像针，像水晶，你快乐

动物的梦

通常动物会梦到
其它动物 每个动物

根据它的类别而梦

（尽管某些老鼠和小型啮齿动物
会被一个带着五个爪子的粉红形体的
巨物的噩梦突袭）

鼹鼠梦见黑暗和微妙的
鼹鼠味

青蛙梦见绿色和金色的
青蛙
像潮湿的太阳
在百合花丛闪光

红色和黑色的
纹鱼，它们的眼睛睁着
梦到红黑条纹的
梦　防卫，攻击，意味深长的
模式

鸟儿梦到疆域
被歌唱包围。

有时候动物会梦到恶魔
肥皂和金属的模样
但通常动物梦见
别的动物

以下是例外：

路边动物园里的银狐
梦到挖掘
并挖到小银狐，它们的脖子被咬了

火车站附近的
笼子中的
犰狳，奔跑了
一整天，用状如八字形的
小猪脚轻快跑动，
它不再做梦
但是当它们醒着时是精神错乱的；

圣凯瑟琳大街
宠物橱窗内的鬣蜥
有冠毛，高贵的眼神，统治着
它水碟和锯木屑的王国

它梦见锯木屑。

猪之歌

这是您把我变成的样子：

一棵粉灰色的蔬菜，鼻涕虫的
眼睛，半个屁股
成形，展现如一根迟钝的萝卜，

一副皮囊由您填充，为了轮到您
可以吃，一粒腐臭的
肉瘤，一颗巨大的血色
块茎，它大声咀嚼
并膨胀。好了。此时

我拥有这天空，仅占半个
猪圈，我有属于我的杂草丛，
我让自己一直忙碌，唱着
我的根茎和鼻子之歌，

我的粪之歌。女士，
这支歌冒犯了您，这些呼噜声
您感觉它们很闷骚，
错认单纯的贪婪为活力。

我是您的。如果您喂给我垃圾，
我将唱一支垃圾之歌。
这是一曲赞美诗。

为一首永不被写出的诗而作的笔记

——给卡洛琳·富歇

一

这是那地方
你宁愿不知道它，
这是那将占据你的地方，
这是你不能想象的地方，
这是最终会击败你的地方

那里，为什么一词枯萎并腾空
它自己。这是饥荒。

二

关于它，你能写下的诗
不存在，这些沙坑
已被填埋了许多人
抑或未被开掘，不可忍受的
痛苦依然在它们的表面留下踪迹。

这不是发生在去年
或四十年前，而是上个星期。
这仍然发生着，
它发生。

我们为它们制作形容词的花环，
我们点数它们像数珠子，
我们将它们转换成统计学和冗长的叙述
转化成诗歌，像这一首。

都不管用。
它们仍然保留它们的老样子。

三

这个女子躺在潮湿的水泥地板上
在永恒的光线下，
她的胳膊上有针痕，扎在那里
为了杀死大脑
而她奇怪她为什么要死。

她要死因为她说了。
为了这个词她要死。
这是她，沉默着
失去了手指，她的身体在书写这首诗。

四

它类似于一台手术
但它不是

尽管双腿展开，哼哼着

流着血，它也不是一场生育。

它有几分像是一项工作，
有几分是技巧的展示
像一部协奏曲。

有可能，它会进行得很糟
或很棒，她们告诉她们自己。

它也有几分是艺术。

五

能被清楚地看见的这个世界的真相
是透过眼泪看见的；
那么，为什么要告诉我
我的眼睛出了问题呢？

清楚地看见而且不畏首畏尾，
也不转过脸去，
这是极度的苦痛，好像双眼被胶布粘住睁开着
离太阳只有两英寸近。

那么你看到的是什么？
是否是一个糟糕的梦，一个错觉？
或是一个幻影？
你听到的是什么？

剃刀推过眼球
这是一部老电影里的一个细节。
这也是一个真理。
见证意味着你必须承受。

六

在这个国家你可以说你喜欢的事物
因为无论如何没有人会倾听你，
够安全的，在这个国家你能试着写
永远不能被写出的诗，
那什么也没有发明
什么也不用原谅的诗，
因为你每天都在发明并原谅你自己。

在别处，这首诗不是个发明。
在别处，这首诗鼓舞勇气。
在别处，这首诗一定要被写出
因为诗人们已经死去。

在别处，这首诗必须被写出
仿佛你已经死去，
仿佛做什么或
说什么都不能拯救你。

在别处你必须写这首诗

因为再也没有什么可做的了。

词语继续它们的旅行

诗人真的比其他人
受更多苦？难道不是
有人给他们拍好了照片
并被别人看到了？
疯人院里充满了那些
从未写过一首诗的人。
大多数自杀者并非
诗人：一份好统计。

某些日子我依然，想要
和其他人一样；
不过当我去和他们谈话，
这些认为应该成为
别人的人，而他们也很像我们，
除了他们缺乏某种事物
我们认为的一种声音。
我们告诉我们自己，他们比我们
更软弱，缺乏定义，
他们是我们正在定义的事物，
我们帮了他们的忙，
这使得我们感觉更好。

对于痛苦，他们比我们品味差。

可是瞧，我说了我们。尽管我个人可能对你
恨之入骨，并永远也不想看见你，
尽管我宁愿和牙医一起
待着因为我会学到更多，
我还是说出复数的我们，我把我们召集
就像某些命中注定的旅行团成员

这便是我想象的我们，一起旅行，
女人们戴着面纱，孤孤单单，有着那种向内的
视力，目光偏移，
男人们成群结队，他们有胡子
密码和虚张声势

在我们滞留的地方，我们选择的地方，
一个朝圣之旅，拐了个错误的弯
回到某个遥远的地方，并在这里
中止，在太阳的怒视下，
而这坚硬的红黑影像
被每块石头投射，每一棵死树都触目惊心
在它的细部，它的双重重力之中，但也漂浮
在石头、树的光环内。

而我们真的不比任何人更在劫难逃，当我们走到
一起，通过这月亮地带
那里一切都干燥而枯萎，如此

鲜明，进入沙丘，在视野中消失，
从相互的视野中消失，
甚至从我们自己的视野中消失，
寻找水。

早晨在烧毁的房子里

我在烧毁的房子里吃早餐。
你知道并无房子，也没早餐，
不过我却在这里。

熔化了的勺子刮着
也已熔化了的碗。
四周也无人。

他们去哪儿了，兄弟姐妹，
母亲和父亲？沿着沙滩离去了，
也许。他们的衣服还在衣架上，

他们的盘子堆积在水槽边，
水槽挨着木炉的
炉架与熏黑的壶，

每个细节都清晰，
锡杯和波纹镜子。

那一天明亮而无歌，

湖面碧蓝，森林警觉。
东方，一层云
默默地上升如黑面包。

我能看见油布中的漩涡，
我能看见玻璃中的裂纹，
还有阳光撞到它们产生的那些光焰。

我看不到我自己的胳膊和腿
也不知道这是圈套还是福佑，
我发现自己回到这里，而这所房子里

一切都已经长久地完结了，
水壶和镜子，勺子与碗，
包括我自己的身体，

包括我曾经的身体，
包括我现在的身体
当我坐在这个早晨的桌边，孤单而快乐，

赤裸的孩子的双脚踩在烧焦的地板上
（我几乎能看见）
穿着我燃烧的衣服，那单薄的绿色短裤

还有脏兮兮的黄T恤

托着我灰烬的、不复存在的、
发光的身体。闪耀。

嫁给绞刑吏

她已经被判处绞刑。一个男人可以通过成为绞刑吏，逃过这种死刑；一个女人，则可以通过嫁给绞刑吏而免死。但是，目前，没有绞刑吏；故此，无处可逃。只有一死，无限期地拖延。这不是幻想，这是历史。

住在监狱里，就是住在没有镜子的地方。没有镜子的生活就是没有自我的生活。她没有自我地生活着，她在石墙上发现一个洞，而墙的另一面，有一个声音。声音来自黑暗中，所以没有面孔。这声音便成了她的镜子。

为了避免她的死，她那特殊之死，被绞断的脖子肿胀的舌头，她必须嫁给绞刑吏。但是，没有绞刑吏，首先她必须创造他，她必须说服声音那端的男人，她从未见过这声音，这声音也从未见过她，这黑暗，她必须劝说他丢开他的面子，用它交换非人的、有目无口的法定死亡的面具，这一个黑暗的麻风病人的面具。她必须改造他的双手，好让它们乐于搅动环绕那像她的那样的被选中的喉咙上的绳索，除她之外的别的喉咙。她必须嫁给绞刑吏否则她嫁谁也不成，但那并不怎么糟。还有谁可以嫁的呢？

你想知道她犯下的罪行。她被判死刑因为她从她的雇主、她雇主的妻子那里偷衣服。她希望使自己更美丽。作为仆人，这个愿望是非法的。

她用她自己的声音，像用一只手，她的声音穿过墙壁抵达，敲击和触摸。她可能说过的什么会使他确信呢？他并未被判处死刑，自由等着他。这诱惑是什么，这生效的诱惑？也许他想要与一个女人生活，一个他救过她的命的女人，一个已经看到了入土的一天然而却跟随他返回人间的女人。这是他仅有的，至少对于一个人而言成为一个英雄的机会，因为如果他成为绞刑吏，其他人将轻视他。他入狱是因为他弄伤了另一个男人，他用剑伤了那人右手的一根手指。这也是历史。

我的朋友们，她们都是女人，告诉我他们的故事，令人难以置信却是千真万确。都是些悲惨的故事而它们都没有在我身上发生，它们还未在我身上发生，它们已经发生在我身上了但我们被分离了，我们带着恐惧观看我们的疑惑。这类事情不会发生在我们身上，现在是下午，而这些事情不发生在下午。麻烦的是，她说，我没有时间戴上眼镜而没有它们我就同蝙蝠一样盲，我甚至看不清人。这些事情发生而我们坐在一张桌边讲着关于他们的故事所以我们最终能够相信。这不是幻想，这是历史，有不止一个绞刑吏而因为这个他们中的一些人失业了。

他说：墙壁的尽头，绞索的尽头，打开的门，一块地，风，一所房子，太阳，一张桌子，一只苹果。

她说：乳头，胳膊，嘴唇，红酒，肚子，头发，面包，大腿，眼睛，眼睛。

他们都恪守了他们的诺言。

绞刑吏不是一个坏小子。后来，他走向冰箱并将剩菜打扫干净，尽管他没有擦去偶然的溢出物。他只是想要这种简单的事物：一张椅子，有个人脱掉他的鞋子，当他讲话时，有个人看着他，带着崇敬和害怕，如果可能，也带着感激，有个人在家里，能让他自己全身心休息并恢复精力。这些事物能最好地通过与一位因向往美丽而被其他男人判了死刑的女人结婚得到。这是个宽大的选择。

每个人都说他是个愚人。
每个人都说她是个智妇。
他们用了这个词——诱捕。

当他们第一次在同一间屋里单独在一起时，他们说了些什么？当她移开她的面纱而他能看到她不是一种声音而是一副身体因而是有限的时候，他又说了些什么？当她发觉她已经离开一间锁着的房间去另一间屋时，她说了些什么？他们谈到了爱，自然而然地，尽管那永远也不会让他们忙忙碌碌。

事实是，没有什么故事，我可以告诉我的朋友们，使他们快慰。历史不能被抹除，尽管我们能通过思考它来抚慰我们自己。在那个时代，没有女绞刑吏。也许因为从未有过，所以，没有一个男人可以通过结婚拯救自己的生命。可是一个女人可以，根据法律。

他说：脚，靴，命令，城市，拳头，道路，时间，小刀。

她说：水，夜，柳树，绳子毛发，泥土肚子，洞，肉，裹尸布，开，血。

他们都恪守了他们的诺言。

题注：在 18 世纪魁北克，对于被宣判死刑者，逃避绞刑的唯一的途径是，一个男人，成为一个绞刑吏，或，一个女人，嫁给绞刑吏。佛朗索娃·劳伦，因偷窃被判绞刑。她劝说邻近囚室的让·柯罗莱申请刽子手空缺位置，并和她结婚。

周瓒 译

在指令下——我是如何成为一个诗人的

玛格丽特·阿特伍德 撰文

蒲云 译

白天，布尔乔亚披戴领带套装驼毛大衣珍珠耳环（并非全部都由某个性别穿着），控制一切至高无上。而夜晚，波西米亚的世界在多伦多的僻街尾巷复苏，黑色运动套衫，在有红格子桌布和插着蜡烛的香醍酒瓶的咖啡馆里（其实总是那一间）喝咖啡，听爵士和民谣，放声诵读诗歌佯装不知这看起来很愚蠢。在诗里他们处处诅咒。对一个二十岁的年轻人，这些让人中毒和上瘾。

最近我读了一份研究报告，它试图说明某个特定年龄的作家们——大致上，是我的年龄——如何通过曲折而巧妙的编造自传而夺取自己生平故事的“控制权”。无论如何，这确是我们时代的一个特征，假如你写小说，人们就设想其中的人物和情节是伪装的传记故事——而一旦写自传，那么你一定在颠倒黑白。

至少就诗人而言，后者不无道理：柏拉图曾说诗人应该排除在理想国之外，因为显然他们是骗子。身为诗人，我认同这一点。什么都比不上生活这个话题更令诗人迷恋于谎言；我认识一个诗人，他至少传播了五种关于自己的生平，无一为真。我自己，当然，要比那诚实得多。可既然诗人都说谎，你又怎么能相信我？

看吧，这就是貌似可信的说法：

我曾是一个矮鼻梁女孩，金发绿眼。我的名字是贝蒂。我生性好强，是校橄榄球队啦啦队长。我最喜欢的颜色是粉红。后来，呃，我变成一个诗人。我的头发一夜之间统统变黑，鼻子又直又挺，我抛开足球恋上大提琴，原先的名字从此消失，一个极可能被人另眼相看的叫法取代了它，衣柜里的每件衣服都自觉自愿变了颜色，从粉红到纯黑。我再不哼哼《俄克拉荷马！》而开始引述齐克果。远不止此——我的高跟鞋的鞋跟都不翼而飞，接着它们神奇地变成了短帮便鞋。无需说，我的那些男友们对此只瞧了一眼就尖叫着从画面中飞奔而去仿佛脚趾着了火。新人来了：他们都长络腮胡子。

信不信由你，这个故事并非全然荒唐。一点事实在于名字，虽不是贝蒂，但就缺乏诗意而言不相上下，并且字母个数也相同。还有一点在于那些男友。然而，下面所说的才是真相：

我在十六岁成为诗人。我并非故意如此。那不是我的过错。

请允许我为您描述那个时代。那是公元 1956 年。猫王埃尔维斯·普雷斯利在爱德·沙利文的脱口秀里刚露了脸，并且“只露腰以上”。校园舞会，在体育馆举行，散发着腋下的某种气味，摇滚正在成为最狂热的舞步。入流的鞋是马靴和白色鹿皮鞋，假如你能应付得来，就该穿无吊带的晚礼服；人们用硬布勾勒出裙摆使你看起来像半棵长着小小萝卜脑袋的卷心菜。人们禁止女孩子们在学校里穿牛仔裤，球赛日例外，因为有人担心，当她们坐在山坡上看比赛时，除非穿裤子，男孩们会从连衣裙下面往上看。电视大餐刚刚被发明。

所有这一切——也许你会这样想，你并没错——都无助于诗歌的诞生。如果在此前一年有人说我将瞬间成为一个诗人，我一定会觉得好笑。（我那时能合乎礼仪的嗤嗤傻笑）但是，那确实发生了。

当时我高中四年级。学校在多伦多，因为严格禁酒令的缘故，在1956年也被称作“美德多伦多”。那时，它的人口是650,509，是乏味礼节的一个同义词，尽管那里稳定的出产皇家特许会计师并且已有了一名内阁大臣，却从无诗人出现，无论前此或此后——就我知道的而言。

我成为诗人的那天阳光灿烂，毫无预兆。我正穿过球场，不是因为崇尚运动，或筹谋躲在更衣室后抽一口烟——去此处的另一个理由，也是唯一的——这是我从学校回家的平常小道。我急匆匆的沿途小跑，若有所思一如往常，无病无痛，这时，一只巨大的拇指无形地从天空降下来，压在我的头顶。一首诗诞生了。那是一首很忧郁的诗；常见的年少之作。作为一个礼物，这首诗——来自于一位匿名恩赐者的礼物，既令人兴奋又吉凶难料。

我怀疑这是所有诗人为何写诗的原因，只是他们不想承认，所以才编造了更理性或更传奇的解释。这才是真实的原因，我拒绝任何人反驳它。

在无比重要的那天我写下的诗，尽管全无价值也无指望，然而确实能看到一些特点。它押韵而且合乎诗体，因为我们一直在学校学习韵律法。它看起来像拜伦和爱伦坡的诗，又被塞进去一点雪莱和济慈。事实上在成为诗人的那一刻，我几乎还没读过写于1900年之后的诗歌。对于现代主义和自由体，我一无所知。这些远不是绝无仅有的我所不知的事情。比如，我从未想过，将要踏入一系列先入为主的偏见和社会定位，它们关系到怎样算是诗人，诗人的言行举止又该如何。我还不知道黑色是无法避免的。一切都还未发生。当我十六岁时，一切简单明了。诗歌存在，所以它被书写。没人对我说——在那时——那么多，那么多的理由为什么它们不该由我写出来。

乍一看，在我的背景中并无一物能够解释诗歌的巨型拇指在我头顶的这次降落。但是请让我试着说明自己的诗歌源头。

我出生于1939年11月18日，渥太华综合医院，第二次世界大战爆发之后的两个半月。出生于战争之初赋予我焦虑和恐惧这些与人相近的本性，这是有益于一位诗人的。这也意味着我营养不良。个子矮小。如果不是食品配给制，我该有六英尺高。

1946年我看见了属于我的第一只气球，它从战前一直被保留到那时。在我六岁生日染上腮腺炎时它被充足了气哄我开心，随即它就爆炸了。对于我后来的作品，这是一个主要影响。

就我的出生月来说，这是令诗人们大感兴趣的细节，由于它们意味着各种象征体系，使人着魔：童年时，我并不因生于十一月而快慰。十一月，单调，阴暗，潮湿，缺乏一切甚至是雪；唯一值得一提的节日是荣军纪念日，加拿大人纪念战死者的节日。然而长大后我发现，从星象学来看，十一月是性，死亡，和重生的月份，而十一月一日是“亡者日”。这仍不是举办生日派对的好季节，但它正好有利于诗歌——围绕死亡旋转，寻求可能的重生。

出生后第六个月，我被装在一个木盒子里送到了魁北克西北一所遥远的小屋，父亲在那里进行森林昆虫学的研究。该补充一下，就他们所处的时代而言，我的父母非同寻常。他们都尽量远离文明社会，对于母亲这是出于厌恶家务和茶会，而父亲则对伐木感情深厚。他们对社会学家所谓明确的性别角色模式也无甚兴趣。在以后的生活中，我获益于此，它帮助我在夏令营中找到一份工作——教小男孩们生柴火。

童年被森林和不同的城市一分为二，它们分别对应于一年中较温暖或较寒冷的时节。而我因此得以伸展双重性格的天性，对诗人而言它不可或缺。我在很小的时候就学会了阅读——很幸运我有一个喜欢高声诵读的母亲，可她不会从早到晚都如此，而且在那些阴雨天气你又不得不有所娱乐。于是，我变成了书蠹，直到如今。“你会毁了你的眼睛，”当我躲在被单下使用手电筒的秘密癖好被逮着时，他们就这么说。我曾这么做，而且还会继续这样。如同瘾君子们会吸食床垫褥，如果没别的可吸，我也将阅读一切。我读了一个孩子不该读的所有那些好东西，但对于诗歌，这也是有用的。

正如批评家诺思罗普·弗莱所说，当还是幼儿园蹦蹦跳跳的孩童时，我们通过直觉习得诗歌。诗歌本质上是口头的，接近唱歌；节奏先于意义。我最早的诗歌经验是《鹅妈妈童谣》，它包括了英语中最为超现实的诗歌，还有电台中俯拾即是的广告歌曲，比如“你想知道黄色去了哪／假如你用活力牙膏刷牙”。

同样的超现实。什么黄颜色？我想知道。我就此开始了恋牙癖。

我在五岁时制造了第一本诗集。一开始，我制作了书本，从废纸中剪裁出书页，把它们缝起来，也不知道这就是传统的装订法。然后，把所有我能记起的诗歌抄写上去，在最后几页空白纸张上添写了几首自己的诗。对于我，它完全是一件令人满意的艺术作品，如此令人满意以至我觉得再无话可说，从而放弃写诗整整十一年当被一个追踪我生平的纪录片制作组追问时，我1955年的语文老师说，在她的班上我没有表现出特殊的天分。的确如此。在巨指降临之前，我没有表现出特别天分。甚至在那之后的一段时间也是如此，只是我没有意识到。成为一个诗人很大程度包含了故意的无知。如果你从出神状态醒来，意识到你正徘徊于其上的，威胁生命、毁尽尊严的那个悬崖的本质，那你会立马转入风险精算师这个行当。

假如我不是通过这种特别的方式保持了无知，我就不会在一间自带午餐的咖啡店向三教九流的高中女友们宣布，我，要当一名作家。我说的是“作家”，而非“诗人”；我确有常识。然而，我的宣言无疑是谈话杀手。根根芹菜在咯吱咯吱的咀嚼声里悬空，花生酱黄油三明治在餐桌与嘴唇之间急刹车，四周忽然一片寂静。当时的在场者之一最近提醒了我这件事——我一直在抑止它——她说，她简直是大吃一惊。“为什么？”我说，“因为我想成为作家？”

“不，”她说，“因为你有胆量大声说出来。”

但是，我一直没有意识我有胆量，或者我需要它。我们在年轻时迷恋的人并不在意我们的痴迷之情；只是此后，我们才狡猾地去掩饰它们，至少再也不在聚会上提及这些。在20世纪50年代的殖民地加拿大，我宣称自己将成为作家的好处就在于，没人告诉我因为是一个女孩我就不能这样去做。他们只觉得这个想法纯粹荒唐。作家们或者已经过世且诞生于英国，要不就是耄耋将至且来自美国；而绝不会是一个十六岁的加拿大人。尽管如此，假如我是男孩情况会更糟。事实上，我在那一时期所读的全部激动人心的诗都关于屠杀、战争、骚乱、性、死亡——然而，诗歌，如同刺绣和插花，总被认为存在于一个色调柔和的女性王国。如果我是男孩，也许我将不得不在泥沼中打转，围绕自己是不是女里女气而不时发生内心冲突。

我将略去登在高中校报年鉴上的那些令人汗颜的坏诗（我不觉得羞愧吗？唔，说实话，没有），而只简单提一下给予我的勉励之词，它们来自我十二年级的英文老师，了不起的贝茜·比林斯："我一个字也读不懂，亲爱的，所以这一定是好诗。"我不会提及父母的惊惶，他们担心——理由充足——我怎能维持生计。我也不会再提向新闻界示好以求生计的想法，一个被及时终止的念头，因为我发现，不同于现在，50年代的女记者往往以撰写讣告和女性专栏结束写作生涯，别无选择。

但是我如何谋生呢？诗歌在当时并非行情看好。我想出逃跑去做女招待，尝试过后却厌倦至极；没什么比收拾别人黏糊糊的餐具更让人倒胃口的了。最后，我进了大学英语文学系，玩世不恭地想至少我可以教书来支持写作。尽管在初次遭遇T.S.爱略特时我的确领受了一针冒牌强心剂——意识到再也不是所有诗歌都押韵了，我接触盎格鲁撒克逊文学的经历却委实好笑。"我一个字也看不懂，"我想，"所以它必定是好的。"

在埋头苦读并试图蒙混于常人一两年之后，我认识了学校里另外五个有志写作的人，通过他们和我的一些老师，我发现了一个完整的加拿大写作的地下仙境，它仅存于普通人的感知之外。它不大：在1960年，卖出二百本诗集的加拿大诗人就算是干得不错；小说卖掉一千本就是最佳销量；当时仅有的五本文学杂志依靠的是编辑们的热情和活力。尽管文学场景并不铺张，却组织精良。忽然间你就成了这个秘密组织的同谋。一旦你在某个杂志上发表了作品，就如同和共济会会员接上了头或拿到了通向自由国度的钥匙。研究加拿大诗歌的人们在当时谈论最多的是所谓建立加拿大文学的必要性。这无疑让人兴奋，觉得自己真是前所未有的幸运。

诗歌作为一种核心形式很快获得了公众认可。白天，布尔乔亚披戴领带套装驼毛大衣珍珠耳环（并非全部都由某个性别穿着），控制一切至高无上。

而夜晚，波西米亚的世界在多伦多的僻街尾巷复苏，黑色运动套衫，在有红格子桌布和插着蜡烛的香醍酒瓶的咖啡馆里（其实总是那一间）喝咖啡，听爵士和民谣，放声诵读诗歌佯装不知这看起来很愚蠢。在诗里他们处处诅咒。对一个二十岁的年轻人，这些让人中毒和上瘾。

然而此时，我已经多少知道怎么搭配我的黑衣黑衫，也不再用夸张的语调冲人喊“你好啊，伙计！”我在一些小杂志上发表作品，很快也开始为它们撰写评论。我不知道自己究竟在谈论什么，但很快就开始了解了。整整四年，每年我都把自己的诗装订成册送给出版社；让我彼时沮丧此时安慰的是，每一年它都被拒绝了。

为什么我急切地渴望出版？和所有二十一岁的诗人一样，我相信将在三十岁死去，而西尔维亚·普拉斯在这一点上不是一个有益的典范。同样，假如你是女诗人，你必定觉得，除非至少有一次自杀企图，否则你不能真正严肃地对待诗歌。因此，我觉得时日无多。

我的诗还是不够好，但是至此它们传递了一种——怎么说呢？——跳跃而灼热的微光。在毕业那年，其中的一组获得了学校的一项诗歌大奖。我简直乐疯了，有一个朋友帮忙，另一个朋友赞助了平面印刷机，我们印制了诗集。那时，许多诗人自费出版自己的诗；不同于小说，诗短，花费不大。我们不得不单独印刷每首诗，然后拆散铅版，因为没有足够整本书使用的铅字；油纸版封面。一共印刷了二百本，以每本五十分的价格在书店里出售。现在，善本交易市场的出价是每本一千八百美元。真希望我也藏了几本。

差不多三年之后——在令人敬畏的哈佛研究生院待了两年，住在狭小的出租屋为市场调查公司工作了一年，无数次经历了第一本小说以及其它诗集的退稿——我终于在不列颠哥伦比亚省安顿下来，每天早上八点半，我在一间陋室里教工程系学生语法。没关系，那个时间，我们都还没睡醒。我让他们模仿卡夫卡写作，而且认为这对于他们选择的职业也许有好处。

我白天教书，吃罐头食品，从不洗碗碟直到它们全都脏了——我体内的生物学家对有可能在牛皮纸晚餐残留物上生长的各种真菌开始大感兴趣——

并且熬夜直至凌晨四点。那一年，我在空白试卷纸装订的小册子上完成了将正式发表的第一部诗集和第一本小说，以及一系列短篇小说，并开始动笔稍后将完成的另外两部小说。那是惊人丰产的一年。看起来我就像《活死人之夜》里的角色。艺术有其自身价值。

第一本诗集是《圆圈游戏》。我用粘贴的小圆点设计了书的封面——当时我们非常节俭——令所有人，尤其我自己惊讶，它赢得了加拿大的重要奖项——总督奖，当时加拿大的一项大奖。文学奖项总是难以琢磨，那一年我十分幸运。然后我回到哈佛，试图结束我的博士论文——我再也没有完成它——并和朱蒂，苏，凯伦成为了室友。为了领奖，我必须参加在渥太华总督府举行的一场庆典，这意味着着装必须合乎礼仪——当我和室友们翻遍衣橱的角落，一切都显而易见了，我无衣可穿。苏把她的衣服和耳环借给我，朱蒂给了我她的鞋子，而我不在时她们就一起把我那双笨拙的胶底休闲鞋丢进了火盆，一致同意这不符合诗人的新形象。

这是名副其实的背叛行为，但她们是对的。现在我是一位得到认可的诗人了，总得有一些相应的行止。我花了不少时间把头发弄对，最终把它定型在一种改良的凯尔特人风格上，这几乎是又短又疏的头发的唯一选择。我再也不以为将在三十岁死去；而是六十岁了。我猜测我们为自己设定这些死期实际上是表达我们珍视时间的一种方式——我要用尽每一秒钟。我还在写作，还在写诗，还是不能解释一切为何，我还是觉得时日无多。

当华兹华斯说“诗人们在欢乐中开始青春 / 而绝望和疯狂继之而来，以此为终”时，他对了一半。除了有些诗人省略欢乐而直接走入绝望。这是为何？半是由于他们的工作情形——在一个逐渐将他们遗忘的年代，付出一切，无所回报。半是出于一种文化期许：“傻瓜，恋爱中的人，和诗人”，莎士比亚这样说，留意它们的顺序。我自己的理论是诗歌由心灵忧郁的一面构成，如果你完全专注于它，将会发现自己正沿着一条没有出路的黑暗通道缓慢下滑。通过双掌运功我避免了这个结果：我也写小说。

我有很长时间没有写出一首诗。我不知道这是为什么：正如加拿大作家玛格丽特·劳伦斯在《占卜者》中指出的，你不知道为何开始，且不知为何停下。然而，每当我发现自己又开始写诗，总是心怀诧异，一如来自最初那个意外的匿名礼物的诧异。

contemporary

当代国际诗坛

阿吉·米斯赫尔诗选

高兴 译

阿吉·米斯赫尔

（Agi Mishol，1947—）

以色列著名女诗人，出生于匈牙利。父母为大屠杀幸存者。四岁随全家来到以色列。曾在耶路撒冷希伯来大学攻读希伯来文学。长期以教书谋生。1971 年出版第一部诗集，之后又出过十余部诗集。她的诗率真，富有挑衅意味，完全摈弃怜悯，同传统意义上的“女性诗歌”分庭抗礼。她常常在诗中嘲讽古典诗歌的华美和雅致。她认为，多愁善感是诗歌的天敌。她渴望爱情，但又绝不愿成为爱的奴隶。她希望自己成为一个无拘无束的女人，一个既有女性特征，也具男性特征的独立的女人。独立精神因此成为她诗歌和人生的双重追求。代表诗集有《内心旷野》等。米斯赫尔曾访问过中国，并参加过青海湖国际诗歌节。

告白

我比看上去还要麻木百倍。
如此众多的面孔中，我忘记了
自己的面孔，用那个瞬间发明的
所有赝品塞满空白。

可我又写下了这些，
仿佛那遣词造句的鹅毛笔中就有赦免，
仿佛头脑真能在幽暗的迷宫中
理清万事万物。

而我最最信赖他——
这座高傲的灯塔在我身上忽隐忽现，
将自负的光投向我那些
启航去黑暗中探索的英勇的船舰。

正是因他我才克制住自己，
不让一个孩童愤怒的后背转向生活，
那孩子敞开并（哦，那个瞬间）落入
放声叫喊的胸怀。

当柔软的天使羽衣

（我是一个一半长着乳房

一半长着即将勃起的
阴茎的天使）
当柔软的天使羽衣在我体内发芽，
我没有惊奇，
没有波动，
只是离开此地
到灵魂搬去的地方
死去一会儿。

可除去肉体
灵魂没有出路。
半夜时分我在
广场上徜徉
直到我随着城市
随着大海的哼哼声而渐渐暗淡
直到两片黎明的矩形
在窗前出现。

转身到萨福诗中憩息

闪烁的群星下
我们懒懒地躺在凉凉的石头上
咬着苹果
将荣誉献给所有
来到我们大腿间休息的

亲爱的人。

我们细细

谈论着爱情

谈论着让我们变得贪得无厌的生活，

谈论着那棵树，

那可是座绿色的喷泉。

她美丽的头紧挨着我的头

她的鬈发落在我的发中。

她在说

我在说

我们的咯咯笑声溜进了

葡萄树，

葡萄树的芬芳

在我们身上缠绕。

内心旷野

此处

内心旷野

我带着录音机在草地上放牧

我捡起一根枝条

劈开一只石榴

对狗吹响口哨

在给予我鹅叫声的事物清单上

我又将今晨唱《比利节之歌》一事添上
我如此孤独。

午觉

我的渐渐发胖的猫
在我裸露的腹部伸展。

胚胎在她的腹部
和我的腹部之间颤动。

兴许是我的，
兴许是她的。

时光令人困倦。

背叛

我吮吸的所有蒜末
什么也没有泄露。

词语在我身后摞起
变成一座葱郁的山丘。

韧皮汁流过树干；
羽扇豆种子撒上点点蓝
在黝黑的土地。

即便青草没有单数形式
只有复数让它变得葱茏
我也一无所知。

南森林开始移动
思想随后变暗
连同树后留下的一切。

快照

后背突然呈现
在一面正对着
另一面镜子的镜子里
在一家客栈的浴室
在一座外国城市——
除了我，没有
别人——
那一定是我的。

苍白的月球表面
布满犁过的陨石坑和

橙皮脂肪堆积的山丘
我第一次
登陆，插上
一面旗子。

忠告

吸口气，动身：
到月亮去，
到火星去，
到暗物质的光晕
银河去。

一到那里，立即缓缓地
返回：
仙后座，
小熊座的尾巴，
海洋，大陆，

分布着一层人类，
电流发出吱吱声的
地球。

随后，回到自己房间
坐在木椅上

一遍遍地对自己说：
我的文字已被断章取义。
我遭到了错误引用。

高兴 译

约娜·瓦拉琪诗选

高兴 译

约娜·瓦拉琪

（Yona Wallach，1944—1985）

以色列当代诗坛一位极具个性的女诗人。生于特拉维夫郊区。20世纪60年代登上诗坛，从第一刻起就以奔放不羁的形象吸引了大批读者的目光。70年代成为文学团体“特拉维夫诗人”中的活跃分子。时常为以色列各种文学报刊撰稿。还曾为以色列一摇滚乐队写歌，并亲自参与演出。1982年，她的诗歌被谱成乐曲并制成唱片发行。1985年死于乳腺癌。约娜·瓦拉琪在短暂的一生中出版了《事物》（1966）《两座花园》（1969）《诗集》（1976）《野光》（1983）《形态》（1985）等诗集。

瓦拉琪无论在生活中，还是在诗歌创作中都拒绝接受任何束缚，敢于打破一切常规。她将摇滚曲、荣格心理学、街头俚语的某些成分糅为一体，以追求一种近乎危险的速度，表现各种微妙复杂而又大胆赤裸的情感。她的诗歌，以及她本人那富于创造、勇于挑战的形象已成为众多女诗人的楷模。有评论说“瓦拉琪的声音向专注的听众传达出了各种各样的情感音调——温柔、愤怒、痛苦、和嘲讽，但从来听不到自怜”。另有评论称“她的诗歌要素是火”。

确实，瓦拉琪短暂而又激烈的一生，自由，大胆，本真，坦诚，勇于挑战，富于创造，呈现出的正是一种燃烧的姿态。

父亲和母亲出去打猎了

父亲和母亲出去打猎了，
我独自一人。
父亲和母亲在美妙的猎场，
我做什么呢？
父亲和母亲正在打猎，
父亲和母亲正在猎取严肃的野兽，
他们从不捕猎有趣的野兽
像獾或兔。哈！
父亲和母亲在丰饶的猎场，
我厌烦又懒散。
父亲和母亲是永远的猎人，
我正待在房子里。房子是什么？
父亲和母亲的全部过去
对于他们都无关紧要当他们打猎时。
而我也被当作一件纪念品存放着，
可总是会有另一件更加可爱。

两座花园

一座花园里所有果实又黄又熟，一派滚圆
一座花园里杂草丛生，瘦树林立
当圆花园感到瘦花园时它感到滚圆
当瘦花园感到园花园时它感到纤瘦

圆花园需要瘦花园

瘦花园需要圆花园

圆花园里导管上下伸展从每一个果实

瘦花园里处处都是方向标志

瘦花园没有音响

圆花园需要宁静

瘦花园渴望音响

当圆花园感到瘦花园时

音响传到果实的桂冠，没有攀上导管

圆花园过着各色各样的生活

当瘦花园感到圆花园时

它那真正的标志撞击着真正的果实，创造出音乐

就这样瘦花园开始默默地默默地演奏。

我的罪孽

哦邦妮看看我的罪孽

它们一一站起就像没完没了的孩子

站起在蓝色的洞穴带着蜡烛和手电

它们将去何方又将从哪里归来

一场风暴将离去一场风暴将返回

我的情感将离去而又返回哪怕是从反面

哦邦妮看看我的罪孽它们全都

像没完没了的孩子它们将离去它们都很可爱

我的记忆将离去而又返回吗?

返回如我，一个孩子，永远从我到自我
这样我将首先在此记住我这样我将爱我
这样用不着费劲我就将在此构建我——幸福。

约娜坦

我在桥上奔跑
孩子们在后面追赶
约娜坦
约娜坦他们叫喊
一点点血
就一点点血为了甜点心
我同意在拇指上扎个针眼
可孩子们仍不满足
而他们是孩子
而我是约娜坦
他们用一根唐菖蒲枝割下我的头，用两根
唐菖蒲枝夹住我的头，然后
将我的头
包在沙沙作响的纸里
约娜坦
约娜坦他们说
真的原谅我们
我们从未想到你是那样的。

草莓

当你来和我睡觉时
你要穿一件
印着草莓图案的黑裙
戴一顶装点着草莓的
宽檐帽
你要手提一篮子草莓
并用甜蜜、嘹亮的声音
向我兜售：
草莓草莓
谁要买新鲜的草莓
裙子里什么内衣都别穿
随后
有形的或无形的
线带会将你提起
再放低
直接搁在我的私处

突然我变成

突然我变成一个懦弱的人
我为何没有成为一个勇敢的人
为何没有因为勇气而获得赞美
我的标准在哪里

为何不是别人，偏偏是我

突然我是一个懦弱的人
至于写作，我的名字消失了。别人写下了
这一切，一个勇敢
强壮美丽的人
我同时是一个小小的坚果，漂浮于海底，粉红
滚圆
我所剩的一切但愿能用作祷告：
原谅我的错，我并非故意的，又能怎样呢

高兴 译

塔哈尔·本·热隆诗选

傅浩 译

塔哈尔·本·热隆

(Tahar Ben Jelloun，1944—)

或译杰隆。生于费斯，1977 年起定居法国巴黎。出版有诗集《太阳之疤》(1972)《骆驼的话》(1974)《扁桃树死于伤痛》(1976)和《不为记忆所知》(1980)等。

无题一

我是个不屑于天真的孩子
我是用斯芬克斯的乳汁喂大的
早就在肝脏里悄悄地怀孕着蜘蛛

我曾在屈辱的黑暗之时造就了城市
然后转向自己——
忠实于太阳的无头之蛇

我曾挑逗大师和伊玛目的猥亵的星座
在“圣迹区”内用鲜血将它玷污
那尘沙之星在清晨熄灭
而我被再次发现与那颠倒的圣书在一起

我乘坐火车，为了在古老沉睡的死水中煽起些微澜
我曾摇撼锁链
我曾在头颅坠落的场景之前看见蒙面的死神在微笑

我断残的嗓音停止在空缺的绝望运行的线路之中
默然无语

异乡人

异乡人
花点儿时间来喜爱树木吧
把你的臂肘支撑在大地上
一个骑马人给你带来水、面包
　　　　和苦涩的橄榄
这是大地的滋味和记忆的种子
这是乡土的表皮
这是传说的结尾
过路的男人们不拥有土地
枯萎的女人们
等待着她们的那一份水
异乡人
把手插进红色的大地吧
在这里
只有在石头里他才会孤寂。

傅浩 译

阿卜德拉曼·本汉姆扎诗选

傅浩 译

阿卜德拉曼·本汉姆扎

（Abderrahman Benhanmza，1952- ）

生于马拉喀什。现为法文教授和文学评论家。出版有诗集《小诗》（1975）和《脆弱的光和深沉的沙漠》（1977）以及若干小说。

歌

朝着沙漠商队的铃声

去吧，我的心—阿拉伯人，
越过乳房似的沙丘！
哦，这致我于死地的神秘的梦！
沙粒来自棕色僧袍，漫无边际；
深蓝的天穹里
几只纤巧的鸟雀漂流，
它们的飞翔装点了你的空间。
这支部落的笛歌高高飞扬，
它来自什么样的记忆，什么样的心？
它使我奋起，它将我重造。
在我看来彼此相似的城市道路上，
这不是我自愿的步履，
假如它们缠裹住你的无限。
1977

傅浩 译

迪特·格瑞夫诗选

杨炼 译

迪特·M·格瑞夫

（Dieter M. Gräf，1960—）

1960年生于莱茵河畔路德维希港，在此及科恩两地长居。曼海姆大学哲学专业毕业。2004年5月赴科隆，后曾旅居英国纽约及法国韦兹莱，之后定居柏林。创作诗歌及诗评，与表演艺术家、音乐家及媒体等进行多领域合作。1992年后成为自由撰稿人，同年获得莱茵河法耳茨地区年度青年艺术家奖。1996年加入德国P.E.N.-Zentrum协会（译者注：P、E、N三个字母代表“诗人”“随笔作家”“小说家”，该协会是世界著名的作家协会，在全球有140个中心）；1993及1997年获得Leonce-und-Lena-Preis文学奖；1994和2002年两次获得莱茵河法耳茨地区最佳图书奖；1999及2001年两次担任达姆施塔特“三月文学节”（Literarischer M·rz）评审委员会成员。2004年获得文学机构Villa Massimo颁发的津贴，2009年获得Martha-Saalfeld-F·rderpreis文学奖。

旅行轮包——助步轮架

佛国，它那轮
包；但这儿，母亲
逝去处，助步轮架

挤进巴士，日日
骑乘，向
曼登海姆，向露 - 北，

向屠场街
我们是残废，但当
一刻，半辈子

我们还没废掉时
怪诞，盛开，血
优雅潺潺于

狐疑的内衣下，
铸造笨拙的铁芯，
并非相对，是绝对；

昏睡者以醒的潜
台词顶撞庞然
购物车穿过

超市，采买

兽类污秽的肉块，
勒紧，包好，模糊难辨

给孩子配制它们，
送他们去学校，
为学校配制一切，

塞进雪柜，
而后，猛咳出
消费它们的牌照

身为消费者，我反对。
请重复这一句
直至它熔化，请

熔化，熔化我；
太多无知。无知教皇
最早的——还得加上！

看啊，人，我是您
说教／风的刺耳的歌者，
从人民会堂唱起，

现在我回转那儿，
孤零零，被叮，去嚼，之后
躺进等死之床

母亲已被
造物收回，
她大张着嘴

嘶喘连连，
不再属于自己
却归于那高渺的秩序。

主，你好仁慈让我们
死，我们组建
塑料世界，渴望

钻入绒毛动物玩具下，
可你拽出我们，直到
把我们从*个性赎回*，

我们把自己变成傻瓜
你让我们用死之
阵痛，自谵妄中

痊愈。她死
之前，她已不在
谁都轻柔待她；除了

屋里那个痴呆女人
不受感染，漫画，我
木讷拘谨，隐含痛苦

气喘吁吁寻求关注。
在死者旁，炮制
昂扬牢骚，全然

忽略她。次晨，
母亲走了，
我迟到五分钟

为在邮局
寄回*读者文摘*
抽奖邮包

它们在我父母家
疯长，胡乱订购
想要 赢 得 并

留给我。账单
成堆。她多会表达
枯燥的爱：钱之馈赠

迷失于结算。
她管这叫抠
以造自己房子

在超市货比三家的
精明。她在我们

屋里枯坐数十载，

独自，结茧，脐带上
一个交叉，把她的囤积
坠入孩子们的战争岁月，

日渐呆滞
（但明眸中
遗下亮蓝；

病房里，当她
放自己逝去，深情
自那儿迸发）

给银行转钱，给我的未来
输送能量。于是我
成了发明家，第一个

在水中，在空中，
报酬丰厚的劳工子弟，
我脚下无路。

我在，当她躯体
小心移上担架，
捆好的麻包，

我看到我们有灵魂。

她婆婆死后一会儿
她见过她萦回在

屋顶。我只能讲
平淡的故事……她
对一切已了然无趣：

她已不在乎
下个春天，*虚乎*，
缥缈——反之亦然。

坏蛋，居家。莫达赫郊野

一只野鸡起飞，重重滑
　　　　过空气，
　　　　　　　　　　　　烫的，
我，一个坏蛋，满肺
菜籽，开始爱上故乡：
　　不管不顾。凝神，我跨过
　　　　　　　　　　　这
辙迹

　　　　　　　　　　（一块
　　起毛的云慢慢移近

散开于天清处；寂寥的

　　　　鸟群，剥

　　　　　　　　　　落在

休耕地上——）

没　　尺那里　　能被

看全：甚至这——

曾最凄凉处

（头脑中）——那　　无限；

　　　　　　　　　　　此刻前院的

颜色洒出——

——　梦　游　脚　步——微光

构建

自身——

像此夏　风，吹

——恍若静止！——入粮

田：空

之痕，一座　　惊诧公学，

　　　　　命名

就—那—样

稀稀拉拉，多温暖，
养育乌鸦的声带，只
虚虚抹掉

抻得更长，
这
日日，
真慵懒：蜻
蜓已
漏
出它，到
处，此夏——

通路 | 稀巴烂！

土产的西伯利亚，
重负
它
二月般沉重；这
道路上孱弱
华丽的浆果，
河堤。加油
站闪闪。街伸

出，人工的镶边：

　　　　　　　　一个孩子

爬上汽车（无方向的

爱之车），

和此地的爸爸，互相

（仍）形同陌路。

　　　　　　　见外；挠

心。朝向白杨枝，

水泥柱；

田野，它们的烟

筒

地平线——

————

家乡，仲冬；棕光

辐射

　　　　　　　自土地——

　　　　　　　　　　　　此刻，我

陌生人，仰视：奇亦

　　　　　　　辶，

黑枝杈，焦油树，又快

抽芽。这儿——稀巴烂——我

只剩“儿子”，只剩

“父亲”；

雪橇拖过

闪耀的，

库存的雪——[1]

杨炼 译

译者小记

我第一次见到迪特·格瑞夫是在2001年首届台北国际诗歌节上，这届诗歌节给我印象深刻，倒不仅因为我应时任台北文化局长龙应台之邀，担任它的顾问，而是因为它劈头撞上两件大事：一，它预订的开幕式在2001年9月14日，正是举世闻名的“9—11”三天后，美国的空中管制，阻滞了所有被邀请的美国诗人，包括诺奖获得者沃尔科特。二，雪上加霜，诗歌节又迎面遭遇上特大台风“纳莉”，台北市落入风暴漩涡，偌大的广告牌飘然而去，每条街都是滔滔黄河。全城断电中，国际诗人居住的宾馆因为有自己的发电机，成了漆黑台北的一座光明孤岛。因为没有任何观众，这届台北国际诗歌节，是我参加过的最孤独的诗歌节，又是诗人们交流最深邃精彩的诗歌节。就像同在一艘随时会沉没的船上，我们既分享命运，更分享诗歌。正在这样的背景下，我注意到迪特·格瑞夫（Dieter M·Gräf）很德国式的脸，腼腆、内向，透出一种乡土气的执着。他穿透语言的木讷（那时他还几乎不说英语），用诗句传达出有深度的诗思。后来，我才知道，他是德国中生代颇有名望的诗人，诗作集个人的私密性（如这次翻译的他两首诗中，儿子对母亲、游子与故乡的复杂感受）与诗歌普遍性于一身，让我们曲折读出德国近代历史的诸多层次。千万别小看他诗中的地方色彩，这里的第二组诗，堪称把地方性掰开、捣碎，提炼出诗歌实验性的精彩尝试。我不想重复后面的注解，大家可以看到，我选用中文的“稀巴烂”，来翻译兼具砸碎和烂泥双重含义的德文词“Bruch”，是多么困难（当然，

1 Maudacher Bruch：诗人故乡的名称。意为：莫达赫的沼泽地。以上两首诗分用这一名称中的两个词：第一首用“莫达赫”，第二首用“Bruch”。Bruch一词德语兼有砸碎与烂泥之义，我以中文绝妙之词相应之——稀巴烂！亦辶：拆开中文“迹”字，用以传译原作中拆开的“奇迹”一词。辶读音为chuo.

找到后也难免沾沾自喜）。这种地方性—实验性的深刻关联，是否也该给有地方（方言）根源的中国诗人们一点启示？更有意思的是，本来迪特只想请我从英文翻译这些诗，但我越译越觉得英文不够达意，于是就以英文对照德文原文来翻，最后赫然发现，我的中译定稿，甚至更贴近德文，而不是中介性的英译——两个文本，被充分表达的诗作能量“自动”压合到了一起！这两首诗，都得到了精通德文的好友徐静华女士的帮助，在此深表谢意。

扬·瓦格纳诗选

杨炼 译

扬·瓦格纳

（Jan Wagner，1971）

德国当代最优秀的青年诗人之一，在德国汉堡大学、爱尔兰都柏林的三一学院及德国柏林的洪堡大学攻读英美文学，翻译了大量英美诗歌，并出版了四本个人诗集，《空中试验井》（2001）《格里克的麻雀》（2004）《十八个馅饼》（2007）《澳大利亚》（2010）。瓦格纳于1995-2003年与友人编辑出版了国际诗歌刊物《物质之外》，同时也是诗歌批评家，为几家重要刊物写评论文章。

蚊子章

像所有字母同时
离弃废报纸
在空中站成一群

在空中站成一群
自全部噩耗
析出空而细小的缪斯，精瘦的

飞马群，缄默，钻进耳朵；
杜撰最后一丝
烟缕，蜡烛灭了，

轻轻，不敢说：他们在，
他们如影，浮出
另一世界

投入我们；跳舞
薄如铅笔擦抹的
四肢，小小的人面狮身像；
石头离弃罗赛塔，没有石头。

蘑菇

我们在林中空地邂逅它们：
黄昏中两场出游默默凝眸。
我们之间，可怖地
电报般嗡鸣着蚊群。

我奶奶以香菇菜谱
远近闻名。她把它锁进
坟墓。反正不错，她说，
得拿大点儿的东西填充自己。

稍后在厨房我们调过
蘑菇的柄，贴近耳朵——
静候内里轻柔的敲击，
搜寻最佳妙的组合。

杨炼 译

译者小记

当代德语诗，表面似不如英语影响广泛，但若深入，则会发现它的深邃与丰富，恰补当代英诗之不足。德语诗人很少以群体命名，却个个独具特色，其中，2015 年莱比锡国际书展大奖，打破历来颁给小说家的习俗，选择诗人扬·瓦格纳获奖，实际上就在凸显、甚至表彰这一“个性传统”。

扬·瓦格纳与他那位著名的同姓作曲家堪称全面逆反：那位衣着华贵，这位简洁单纯；那位辞藻嚣张，这位悄声细语；那位风格宏阔，这位专拈细节。我们都住在柏林，却极少见面，直到决定邀请他参加首次上海国际诗歌节，我才决定秉承自己习惯，翻译两首他发给诗歌节的作品。

第一首《蚊子章》，是一首声调细小而含蕴深沉的哀歌。因为美国杰出女诗人 C.D. 莱特突然辞世，扬欲以此诗加入国际诗人纪念集。为一位大诗人之死，而写区区（且不说讨厌的）蚊子，这反差够大，及至诗之开头，那群蚊子，自废报纸上的字母幻化而来，“在空中站成一群”，它们展翅如缪斯的飞马，漫游生死，穿缝古今，直到落向解开埃及文化之谜的罗赛塔黑石，末句“没有石头”，简洁无比，却一举总括了历史，谁说“宏大”必须慷慨激昂？

第二首《蘑菇》也够难译，实在如一丛草木，一页菜谱，一位祖母，而点染之间，又处处超出写实，把蘑菇的香味，烹调出缕缕哲思，刺激着味觉，更启迪了诗思，你要说它是一首关于诗的诗，也毫不过分。

扬对此也充分回报，他参加上海诗歌节翻译工作坊，两小时之内，把上海诗人赵丽宏的《箫》，译成了音韵缭绕的德文，回柏林后修改定稿，又专门托我把他的翻译手稿和签名定稿，带回中国赠送赵丽宏。诗人热诚，一至于此！

埃尔玛·拉库萨诗选

杨炼 译

埃尔玛·拉库萨
（Ilma Rakusa）

德语女诗人。现居瑞士苏黎世，用德语研究东欧和俄国文学专家。

雪

树间的裂隙：雪
词间的空白：雪
房屋间的空旷：雪
栅栏分隔院子：雪
冷
酒馆间的池塘：雪
橡树间的洞：雪
田野间的梦：雪
盘子和褶皱里：雪

致约瑟夫·布罗茨基

沙发是红的吗？
这件越洋的行李
停着，像条船
朝向美洲。
旗，箱，书
安顿稳妥。你离开
猝然而急需
永远的结果是，
现在你死了

致约瑟夫·布罗茨基

列宁格勒在下雪。
夜和加油站
贫瘠如休耕地。街
荒漠之墙摒弃
华彩。你从那儿到
柔润嘴唇上化为诗。
而我们悄悄驱车
失重般穿过
你的城市。无言。

译者小记

埃尔玛·拉库萨并非专业诗人。她住在瑞士苏黎世，是用德语研究东欧和俄国文学专家。埃尔玛清癯、安静、优雅，在思想中，又有种冷冷的锋利。小诗《雪》也透出了这凛冽。除了中间一个“冷”字，其余八行一口气重叠八个“雪”字，是一朵雪花在八行间飘落，还是干脆八场雪贯穿而下？我注意到，“雪”其实都下在各种“间”，直到最后才出现一个“里”。那片白茫茫终于从外面铺到了里面。那“盘子和褶皱”，是不是另一只“潦倒新停浊酒杯”？

2015年，埃尔玛·拉库萨应邀来扬州瘦西湖国际诗人虹桥修禊，我趁机又加译了她两首诗，结果，我不得不修改自己原来对她“并非专业诗人”的评价，因为这两首题赠给布罗斯基的诗，不动声色而悲怆内敛，用词极简如电报，而打击力超强，远胜许多情绪溢于言表的悼亡诗、政治诗，以致我译后给她的信中，动用“美极了”这样的赞誉之词，而且，觉得毫不过分。

约阿黑姆·萨托柳斯诗选

杨炼 译

约阿黑姆·萨托柳斯

（Joachim Sartorius，1946—）

1946 年生于德国富尔特 / 弗兰克尼亚 ，在突尼斯长大，其后相继在慕尼黑、伦敦、巴黎学习法律及政治学（法学博士）。毕业后在在纽约、伊斯坦布尔、布拉格和尼科西亚任外交官直到 1986 年。在国际文化政策领域担任过多种职务，之后自 2001 年始任全球歌德学院院长，并曾担任 Berlin Festivals 总监。获得 DAAD、洛克菲勒基金及匈牙利学院颁发的津贴，1998 年凭借对美国当代诗歌的杰出翻译荣膺希尔巴特奖，是位于达姆施塔特的德国语言文学学院成员之一。任柏林艺术大学教授，讲授文化理论。

坟

从这儿往北，道路
枯燥，黄草，
渴在根里，在心里。
一切简单，而假。

这儿我试着想历史，
殷瓦利丹街上[1]
紫色山毛榉遮着恐龙的
巨型脊椎，
大理石俾斯麦，
诗人贝恩，一块波岑涅的名牌，死寂[2]。

在防空洞深处
柏林波兹坦广场
是希特勒最钟爱的马蹄铁。
权力的侧影：铁甲和头盔。
在裤兜里，我们捏断
标语。满怀惬意
听布料的黑暗中
旗的碎片。

1　殷瓦利丹街：柏林自然历史博物馆所在地。

2　柏林波岑涅街：20 世纪德语诗歌影响最大的诗人之一戈特弗里德·贝恩（Gottfried Benn，1880—1957）故居所在地。

别忘了诗人赝品的骰子
当铁再次主宰，
我们将不得不自欺自慰，
用碎石缀饰岩石，
水缀饰心。

诗学

诗拒绝了康斯坦丁·卡瓦菲斯，
作于莫缇亚的青年雕像前，高度一米八，公元前 460—450 年

这首诗
找一个地点
让我的欲望移动棋子，
它不能明着做。
恕我解释。
这城市是个负担。

语言，伪经，古老的材料
隐匿着大腿，
腹股沟的黄痣
擦出嗡嗡声，若我往下想，
它就像皮肤上
只活一夜的蜻蜓。

纱布，纺织
自石白色之石
自反复折断之翼
逆我所愿，我再

撕裂古老之物
用语言：词
我在股票交易所门前听着，
在咖啡馆，焦油色的
房间。抓起
旧历史书。这首诗
不喜欢装饰，它已
风格化过了。衣褶
裸出曲线的
强度。

一首诗不写给谁。
我把它发给朋友们，
懂或不懂
请随意，
沿途，它采集
虚无的碎片，
在终点
辉煌地站着。

杨炼 译

译者小记

是诗人，翻译家，更是老朋友。因此，翻译他的诗，就像对我自己生活的一种回顾。1991年历史巨变后，我获得柏林DAAD艺术项目一年奖金，从新西兰飞抵柏林。其时，约阿黑姆正是DAAD文学部主管。记忆好清晰，我们在柏林著名的"巴黎酒吧"第一次见面，话题就锁定中国、历史、诗歌。他礼貌地微笑，文雅地点头，鼓励我继续"交流"，只是多年后，我才想起，那时嘴里几乎一点儿没有英语！但，我能感到，在我们之间，有某些理解，比辞藻更深，像一种坐标系，暗示、牵引着语言的流向。那是什么？他的诗《坟》，简直是对这疑问的直接答复。那是一种深刻的历史命运感，从他的德国经验，笔直穿透进我的中国经验，带着彻骨的冷峻和凛冽（"一切简单，而假"）。我没有把他的标题"Grave"译成西化味儿的《墓地》，却译成略带古典味儿的《坟》，因为这首诗是考古学，剖开了历史的诸多层次：恐龙、俾斯麦、诗人贝恩、希特勒。犹如许多佳作，约阿黑姆"化用"自传，写出自己身上的大历史。那个出现在历史序列最后的"我们"，是包括他在内的德国六零学生运动一代，他们诞生于对法西斯父辈的反思与反抗："在裤兜里，捏断\标语"，"听布料的黑暗中\旗的碎片"，尽管诗的结尾，像一丝无奈的苦笑（"我们将不得不自欺自慰\用碎石缀饰岩石"）。但这不比虚假的乐观更深邃？下一首《诗学》，更有讲究。诗人想象自己是20世纪希腊同性恋大诗人卡瓦菲，站在西西里小城莫提亚一座俊美的古希腊青年雕塑前，想入非非。没错，那是第一人称口吻，但它如此隐晦、曲折，有时几乎难以分辨谁在说话？是雕像？是卡瓦菲？是约阿黑姆？抑或干脆就是诗歌本身？"诗学"涵括了这一切。约阿黑姆的语言，简洁，清晰，线条犹如刻划，却又善用跳跃的空间，去传达德国思维特有的抽象，由此令一首短诗含量巨大。你们不觉得吗：这是两首小小的"史诗"？——诗包含了史，诗在史的终点上，"辉煌地站着"。

C.D. 莱特诗选

李栋 译

C.D. 莱特

（C.D. Wright，1949—2016）

不断挑战语言极限的先锋，同时鼓励培养了数代诗人、作家，影响力深远。她生于美国南部的阿肯萨斯州，年轻时放弃法律投笔从文，但对正义和民主的追求仍渗透在之后的诗歌创作中。她和丈夫弗罗斯特·甘德（Forrest Gander）编辑迷途出版社（Lost Roads Publisher）长达三十年，鼓励了多位独树一帜的诗人，也是美国最早开始出版当代外国诗歌翻译的出版人之一。莱特的诗叙事而抒情，朴素而性感，实验而富有社会意识，凝练而极具张力，轻盈敏捷而又沉郁顿挫，在多种文体的杂糅中彰显人性和历史的矛盾。“诗是生命中所必需的；诗歌的功能在于发现我们内心中自由的那一部分，并赋之于表达。”她还编写了阿肯萨斯州和罗德岛州文学地图，挖掘了诸多渐被遗忘的重要作家。

“诗人的隐秘生活”

你如何生活，你做什么工作？
——华兹华斯：致水蛭采集者

我知道有三个，不，四个诗人娶了
有金钱和头脑的女人。一个女人醒来，舌上生苔，她的梦中弥漫着
霉味或是令人窒息的火车上旧袜子的气味。
一个转向鹰猎，制作从三层住宅扔下的
种子炸弹。一个在第四次被监狱释放后
烧了她的伊斯兰长袍，自怨自艾而深感羞愧，
从此在例行的黑暗中洗濯，另一个在火盆里
烧掉了婚纱，而家雀们在鸟池中戏水。这一刻
如何触及另一刻，一个闪念忽隐忽现
一个痴迷女阴的诗人，屠夫的儿子，
在咖啡桌上展示一颗硕大的牛黄，睡在阿尔达什省的熊窝里
依然痴迷着。一个诗人，刚生下
就被圣弗朗西斯河上的筑坝人收养，在六月初一个美丽的午后
用打靶手枪射杀了自己。一个横卧在铁轨上
而天安门事件转瞬将至。一个从她奥克兰家的余烬中，
拾捡灰砖的手稿。巴赫金，如我们所知
在监狱里靠香烟写出了他最好的诗页。哈特诺提的诗是他的遗孀
从万人坑他的外衣口袋里发现的。一个在神志清醒的最后一刻
还在沃尔汗慕的公寓里屏息疾书满是地狱般的愤怒
失灵的激情。一个在军事政变中被囚禁
在瓦尔帕莱索的一艘船上，却凭借“糟糕的铁身板”

在阿特卡姆沙漠中开凿出一首3.5公里的长诗，
还有一首飘荡在布鲁克林上空；以痛苦和光明覆盖
千页长卷。一个诗人沉醉于青苔和其他共生植物。
一个诗人嗜好菌类和别的宗教致幻剂。上帝何其难以捉摸，不义之财如此耀眼
一个花了大半辈子
用手杖在泥地里写诗，然后用脚擦去，而他的整个部族可以破译
那神秘的印痕。另一个放弃了
他的青春和欢乐，投身于沮丧和疯狂的诗行。一个在文字尚未背弃她时
就背弃了文字，清洁剂
在她的车库里堆积如山。一个在长过奥尔良教区
卡特丽娜飓风后谋杀案的纸卷上
记录夜间的鸟雀。一个不喜欢白色花朵，也从未
将她的诗展示给任何形单影只的独居的生灵。另一个做了副金属翅膀
戴过一次就夹进一本金色
书籍的封扉间。一个加入了国际呼呼伐木联席会
却逃往欧洲，作为一个独立又迷幻的自恋者
潇洒地活着。有人想要壮阔的生活。其他人煎熬着
直到深夜还在苦思
他们应该表达的，"放马后炮"。一个被比特犬咬伤并调解后
得以买下了他的第一辆车。
一个长发及腰，下决心修剪。
一个孤身从萨凡纳走到了圣莫妮卡。完美的时刻用来阅读
《圣经》和《万有引力之虹》。一个在阿诺德植物园一棵山毛榉下
摆造型拍照；书写
手札横渡墨西哥湾，在新奥尔良谋得一份造像的工作。一个备受尊敬

的诗人
还在写着，尽管视力已离他而去
他的花园重归荒野。一个打呼噜而从不锁她的门。
一个患有层状鱼鳞癣，摆脱不了她的
火棉胶膜。罕见的慰藉从诗中泉涌，平躺着，在草丛里搜索着云。
一只玻璃耳朵如何经由文字赋形
一个诗人沉默如鱼；一个站在闪电交加的旷野，开始缓慢移动。
无遮的小船里谱写了一曲赋格
一个又开始了一千零一天的写作，栽种所有品红色植物，那颜色
因意大利的马真塔镇而得名。
一个只写挽歌，以锁定贫穷和死亡；一个温和的长者建议道：
意气消沉并不可怕
只要你不沉溺其中。紫藤是如何拉倒一座房子的 / 和猫爪一样
一个梦到把绞她腹痛的儿子
在光天化日下拉出来。一个去越南游历一年后脑部多处肿瘤
却幸存了下来。另一个离开
铀矿，幸免于黑色素瘤和更多无情的伤害，撕裂般的觉醒。
在此：这故事跳过了一截。听着，先生，我被自己的
无知、自我厌恶、失败的本能所利用。为我祈祷吧。
从这个角度看（在这该死的昏暗光线下），
兄弟姐妹们，女士们先生们，我告诉你们我们如何生活，以及
我们
做了什么工作，我们挺身而起，离开饱受虐待的沙发，
兄弟们，姐妹们，听听空勺在空碗里发出古老的令人难耐的响声，
让我们确保我们的爱不会离开这个世界要不然

注：仿宋体部分引自华兹华斯和美国诗人弗罗斯特 · 甘德（Forrest Gander）

朦胧与同情

左手搁在纸上。
略低于肘部，进入了画面。
另一只手在服务。

左手顺着看不见的气流
在一个同样听不见的信号上，停了下来。

要手来回应，墨一定是黑的。

没有水印。

一枚指甲劈得很深。

其他的被锉短。
或是啃过。

手关注事物。

在另一只手里，它变得柔顺
并轻易接纳了另一只的潮湿。
它残留着她襁褓里儿子头发气味的记忆。
一切都已写下，手必须努力
在空白处醒来。

没有颤抖，但皮肤很薄，还有些

发皱。

静脉暴突。

手开始朝它的鬼蜮做手势。
尽管有时它几乎成了玩闹。

桌子在侧光中。

手有很多选择，但它选择待在
自己暗淡、单薄的围墙里。

已经开始露出自身粗制滥造的迹象。

手呼喊，低语，
平凡的爱，

一切的留影。

外面透过帘子的光
是蓝的，蓝灰的。

有条狗。
有台风扇。
风扇在狗身上。

朦胧与远航

手艰难地握住笔。

一个浅浅的伤口。

明净而静寂的长夜。

白云岩打开了一本书。

手的主人挑选了一个句子，没有人知道
最渺小的生命有多渺小。

如果电话响起，不会被接听。

沐浴；焚烧的香草安抚四肢。

像回忆刺痛大脑。

家具耐用却有些奇特，几乎
是怪诞的。

门下一束光对于手的主人
是一种安慰。

空气吸入一单身歌手云雀般的声线。

一辆摩托车据开那歌声，绝尘而去。

一台电器不时轻柔震颤。

笔是在古比奥买的，靠近
那标记着恐龙大灭绝的薄薄的岩层。

这笔是一件礼物。

它旨在从多毛的岩缝间
诱哄一声美的

尖叫。

笔尖的铱星。

朦胧与余震

手弄破了，但还攥着笔

在褪色的纸上努力

在一间墙上装饰有动物标本的小旅馆；一只脚

打着石膏，但还能感受到楼下的

震颤。时区扰乱了知觉，因此

手的主人会想到去户外

看一切摇晃；高高的、可爱的杨树或颓倾

或被砍到在小径的

两旁。有人披着斗篷斜穿车流，

一个孩童已经从童年飞逝；

这个下午，假设现在的确是下午，

有一种可怕的真切，而手挣扎着

去理解，去掌握。只有当眼睛再也不能辨认出

文字，笔变成了——不真实的——一坩锅的

光；只有当另一个

主人的手提箱被默默塞满

大纲被撕碎，房间吞噬了书写的内容。

李栋 译

莎朗·奥兹诗选

明迪、远洋 译

莎朗·奥兹

（Sharon Olds，1942—）

1942 年出生于西岸旧金山一个加尔文教家庭，成长于自由开放的伯克利和东岸的威斯利，15 岁成为无神论者，然后回到加州就学，毕业于斯坦福大学，又到东岸在哥伦比亚大学取得博士学位，后在纽约大学教诗歌与写作至今，1998 至 2000 年为纽约州桂冠诗人。她从小喜爱莎士比亚，狄金森，惠特曼，艾德娜·圣文森·米蕾，尤其受艾伦·金斯堡的影响很大。2005 年，美国总统布什夫人邀请她去白宫出席美国图书节，她因反伊战而公开批评当政，拒绝前往。她的第一部诗集《撒旦说》（1980）获得首届旧金山诗歌中心的诗歌奖，第二部诗集《死者与活者》（1983）荣获美国三大奖之一的全国书评协会奖（诗歌类）。2006 至 2012 年任美国诗歌学会会长。她已出版 10 本诗集，以《父亲》和《秘事》两次入围 T.S. 艾略特诗歌奖。《雄鹿之跃》的写作始于 1997 年，2012 年出版，终于获得 2012 年度英国 T.S. 艾略特诗歌奖，及 2013 年度美国普利策奖（诗歌类）。2014 年她被授予“唐纳德·霍与简·肯宁”美国诗歌奖，2015 年被选为美国艺术文学院院士。

文物

布莱特把我母亲还给了荒野

我轻放到我朋友的手心——
微小的十字架，和鸽子，
从我母亲的挂表上摘下的——
我要她穿过树丛
走向山林，找一个地方
扔掉它们，为了更妥善保存。现在
她写道，“黄昏时我走到峡谷，
暖和，有一丝秋风吹过，
我走到一块突出的岩石边，上面有峭壁
向下延伸——远远的低处，有一条季节性
小溪，绿柳。我站在一块巨石上
伸出手。我希望你母亲得到世界上
所有的爱，我让护身符
飞下悬崖。它们如此小，
风在刮，所以我没有看见或
听见它们落下。”我母亲在
我找不到她的地方了，她走了，远离
回忆，她躺在她银色形状的
光里，如同身体里最轻的骨头，她的
镫骨，碾碎了，
播种到海里。我不知道
灵魂是什么，我想它是
最小的，核心，民权。而她

现在野生地拥有，她触摸，被
谁也不知道是谁触摸——在低处，或被
普通夜鹰的粪便，
鸟爪的蕨类根部，紫兰蝴蝶
或者灰蓝蝴蝶的触角触碰，或者被巨大的
半透明的耶路撒冷蟋蟀踩一脚。有一种
东西，深刻而正确，有关
物理元素——原子，细胞，
以及骨髓——我母亲身体里的，
那时我还年轻，现在她精细的
符号，接受
阳光的直接触摸，并洒满
她的家，隐而不见。

十字架和鸽子

我没想保留它们，我不知道
如何处理它们，我母亲宗教信仰的
极其微小的象征品，
我在教堂的石头地面上寻找裂缝
但一条也没找到。然后我想起
苍凉谷附近的荒野，
并托朋友把它们拿到
花岗岩顶峰，让风把它们带走。自
那以后，就仿佛我母亲的
灵魂物质已经返回
物质大本营，

她的骨髓已被筛进
海洋。如果我曾经想拆卸
我母亲，现在已没关系了。十字架
一英寸十六分之一处，一只鸽子的
绘制银线，已被缓存在什么地方，那是一个
无法被发现的地方。此刻我想到金属的性质，以及
她信托的灵魂玩具娃娃将在
蜘蛛蛋囊的根，针，
石英，羽毛，灰尘，雪，脱落的
爪子，诸如此类的地方停留多久。她相信她绝对有一个
永恒的生命。我想，
回忆我母亲而不连同她的上帝一起
是不好的——她的上帝就像一个隐士
在沙漠的月球表层上嚎叫。有一次，当她老了——像一个
纤弱的孩童在学校表演剧里
扮演老妪——我们谈论天堂。
她并不十分清楚是怎么回事，但她
知道她父亲会在那里，她哥哥，
以及她的第二任丈夫也会在那里——
那也许是一个四人天堂，
三个男人和她。我母亲最后的几年，
十分容易让她
高兴，告诉她我可以
去看她，像一只小猫，在上帝的
腿上，被宠爱。她眼睛里闪烁着
比我见过的任何眼睛里都更多的光。
我已经把她永生不朽的象征物

抛入高空了。它们将永久闪耀，
在我不能为她歌唱之后继续闪耀——我唱
我通过视觉的扭曲棱镜所感知的。
我不知道我是否看见
或是没有看见我母亲。日以继夜，
她的优雅魔力将在树丛或小溪里闪光，将
反照出山的光芒，
在不可阅读的语言碎片里。

雄鹿之跃

而我们最喜爱的红葡萄酒的标签图
看上去就像我丈夫，纵身跃过
悬崖，奋力挣脱我。
他皮毛粗糙而舒暖，脸上
波澜不惊，木呆，反刍，
每一根颌骨的枝干都朝后伸，
朝臀骨伸展，每一颗齿都朝上长，
朝四处伸延，就像他大脑的一种模型，古老，
笨拙。他平载着骨盘
从峭壁的边缘腾飞，
梦幻一般。只要有人逃跑，我心脏
便跳跃。即使我就是叛离的对象，
我也一半向着叛离者。他走之后，
如此安静，空旷，我感觉像是一片风景，

一个无人的地面。“各自
逃生”——让那些可以自救的人
逃走吧。有一次我看见一个铜版雕刻的人，
非常微小，钉在十字架上——
在一只休息的鹿的茸角之间。我感觉我是他的受害者，
他似乎也是我的受害者。我担心他猛力跃起时
向外伸展的肢
会向错的方向弯曲。哦伴侣。我曾是他忠贞的
徒劳，这仿佛是
一种恭维，而不是
半睡眠状态。而当我写他的时候，他认为
他必须四处走动吗？
头上顶着我的书籍，像一卷
堆起的姿势，或一串骨角
挂在那里，一个猎人用红酒
冲洗鹿肉？哦跃起，
跃起！当心岩石！旧誓言
必须为他的新生活
祝福吗？甚至为性的
喜悦？一开始，我害怕如此，那时我还不能
分辨我们俩。远处，在他毛茸茸的
肚子下，躺着一葡萄园的
成双斑点，葡萄藤还没有被摧毁，根部
干净，酒瓶在吹管的末端
扩生，如同暗淡的，绿色的，波浪起伏的呻吟。

明迪 译

地位

写作后离开码头，

我走近房屋，

看见了你清秀的贵族长脸

被用羊皮纸遮暗

火焰色的灯光照亮。

一只优雅的手放在胡子上。你锥形的眼睛

发现了在草坪上的我。你看着我，

像从一扇小窗里俯视的君主，

你是君主的后裔。冷静地，不带

一丝羞怯，你审查我，

这跑出去到码头上写作的妻子，

只要一个孩子在床上，

就留下另一个给你。

你的薄嘴

柔韧如一张射手的弓，

却不弯曲。在我们处境的真实性中

我们对视良久，诗歌

沉重如水煮的猎物在我手上悬挂着。

象形文字

（一张 1905 年的中国照片）

手工做的绞刑架，象形文字形式的
木板，一个人的尺寸，
斜靠着一堵条石陡壁。一个人是
一个男人的简单形状。这男人在它上面
睡着了，手臂钉到木头上。
没有木料被浪费；他的指尖
在木板最末端朝里卷曲，
如同孩子在酣睡中张开的双手。
另一个男人醒着——他直勾勾地
盯着我们。他被固定于更复杂的
绞刑架，那对角横梁上，
一只手臂朝上指着，一只垂下；
他两腿弯曲，穿透脚踝的长钉
使它们离地提举着，
他的膝翘起，长袍的皱褶飘向
两侧，仿佛他悬浮在空气中
飞，露出他赤裸的腿。
他们在等候行刑，斜靠墙
就像你会撑着一件工具，直到要用它为止。
他们将被肩膀推挤着越过人群
被押送着穿过尖叫声。昏睡者将醒来。
那个被扭曲的人将在众多面孔之上飞翔，
他的衣服是翻卷的波浪。
这里那里，仍然是幕后的安静，

大墙底下的黑暗，支柱
倾斜在尘埃状的半昏半暗里。
他在沉默中盯着我们。他是在说
救救我，还来得及。

远洋 译

丹尼丝·莱维托夫诗选

李琬 译

丹尼丝·莱维托夫

（Denise Levertov，1923—1997）

美国诗人，出生于英国埃塞克斯郡。她早年阅读了大量浪漫主义和现代主义诗作，1948年移居美国后，受到黑山派诗歌，特别是威廉·卡洛斯·威廉姆斯的影响。1960—1970年代，她在政治上表现得格外活跃，参与了许多反战活动，战争和政治也成为她诗歌的重要主题。她的作品总是力图将美学价值和道德价值融为一体。1984年，她成为了一名天主教徒，作品中的宗教色彩增强。莱维托夫曾任教于布兰代斯大学、麻省理工学院、塔夫茨大学、华盛顿大学和斯坦福大学，获得雪莱纪念奖、弗罗斯特奖章等荣誉。主要诗集有：《重像》《此时此地》《悲伤的舞蹈》《活着》《巴比伦的蜡烛》《蜂房中的门》《晚班火车》《这伟大的无知》等。

叠衬衣

——给 S.P.

叠衬衣时，女人静静地
站了一会儿，想要回忆
那肉体的温度；她轻柔的双手

在一只袖子上用力，回忆
一种姿势，或爱的触碰；
她倚靠着厨房的墙壁，

想要听到爱的话语，
但只听到恐惧发出的声响
穿过楼上的房间。

在叠衣服时，她也叠起她的恐惧，
却不能收拾起欲望，
也不能对寂静言说。

她不情愿地摆好
那些面包，酒，餐刀，
铺平情人们躺过的床，

当时光那毫不犹豫的刀子
将余生的钟点切下，
这生命的常规仪式。

诗

作为漫游者、观看者和聆听者，
有人在家待得太久；他们点灯的门扉
只为另一者的拜访而打开，
他们只与影子结交，幽灵
比温暖家宅的活人更令他们愉快。
他们在薄暮的城市广场漂游，
外衣被晚风吹着，手指熟练地找到
口袋里的破洞，心想：生活
一直是件仿制品，是一个梦，
而梦中的形象都在玻璃后面舞蹈。
但当他们工作，或心不在焉地站在窗前
让水龙头流着，打湿盘子，
而那明亮的雨水在石板上闪出微光，
他们感到这生活的全体属于他们，这音乐，
“色彩，温度，和光线”；双手
被充满爱的双手紧握；邻近的树木
黑暗而温柔，和他们一同生长，
这一部分有火苗、家宅和孩童的世界。
他们所有的孤独潜藏着
一个持续不断的疑问：“我是谁？
雨水打湿的人行道上，一个影子的图像？
惊诧地路过一个个生气盎然的窗口，
不太知足的，幽灵们的客人？
或者，想象着光线，空气和太阳，
终于可以扎根于生活，并继承爱的人？”

小说

一阵风吹来。正在写作的书
转换，停顿，黄色和白色的书页
四散分开，
又在新的努力中
缓慢接近。半张孤单的白纸
从门下滑出。

在他们还未写完一半的生命中，
一个男人和一个女人痉挛着，
面孔因痛苦而扭曲。他们的猫
懒懒地吟出动物的秘密，
扰动了阴森森毁灭人迹的灵薄狱。
他们活在（当他们活着）恐惧里

恐惧着失明、燃烧，或在一朵蘑菇云下
窒息，在这属于蜉蝣的年代。
他们也渴望（和我们一样）
今日的永恒，希望能立即
用有魔力的黑色粗号笔
将这恐惧删去，每一处，每一页，

整整一沓纸都被粉碎，脆响着
投入火中
　　　　当它们已成细小灰烬
　　　　火炉会冷却，被清洗

一瓶花会摆在炉上
沐浴春日的光明。

同时，当一页页翻过，他们会
买各种东西，看起来获得了
全部的生活；他们争吵，尖刻地沉默，
也安排旅行，搬家，将绝望
植入对方
然后在时间的划痕中

以泪水、悔恨和温柔
彼此拯救——
这些奇药使之沉迷。
但他们也拥有——
不是吗——像我们一样——
他们的宽限日期，他们

停顿，舒展，新的视野
为痉挛扭曲的面孔而展开，
变形的内景。
破裂之物开始缝合。
场景和语句令一些事物
再次回到生命，归于众神。

时间的形象

旧时光，这位园丁看起来就像
死神自身，或时间老人，拿着长柄镰刀

站在日晷旁和刚刚挖掘的
坟墓边，就在我的寓言书中。

隔壁花园的木樨草、雪叶菊
和银色石子

在他的照料下兴旺（石子
没有湮没在杂草中，而是清晰地

呈露在一丛丛
蕨类和虎耳草之间。）此刻，

他在我们的梨树旁，拿着修枝剪，
此刻，他刨挖着伯恩斯那整饬、不生杂草的

玫瑰花圃，或者当他凝视
佩奇夫人的金链花树上的鸟，

那高高的、佝偻的身影就显现，还有那灰色
卷发。他寂静

而缓慢地工作，或许也熟知

这片街区的每一座花园，那些

我们从没见过的花园，每一个，
古老砖石围起的

一小块地
就是它自己的整个世界。

而当我长大
远离家乡，在我成长的日子里

他一直记着我，并年复一年地
送来问候，

直到岁月变迁，那儿不再剩下任何人
能送出这些问候。过去的时光，

年老的死神，灰尘满身的
园丁，你是否

还活着？我自己
是否还继续活着，在你灰色的
思虑的目光中？

花园围墙

围墙的砖石，
比房屋本身年长许多——
我想它来自这条街修建时
一座拆毁的农场——
另一个世纪的狭长砖块。

尽管布置着栅栏和防护墙，
这座墙仍谦逊地站在花朵后面——
玫瑰和蜀葵，羽扇豆的
银色豆荚，有甜味的
福禄考，灰色的
薰衣草——
　　　　毫不起眼——
　　　　但我发现
当喷出水管的水流
抚弄墙上的坑洼斑痕
众多色彩就会醒来——

朦胧的红色，
谷物的金色，细小暗影的
淡紫，从哑静干燥的褐色里
涌现——

　　　　　　这就是
世界之外仍有世界的

原型，它无法
被索求，只能
在双眼漫游时
偶遇。

古诗

这些字句，是我在梦中得到的。在梦里，我变成一个八九岁的芬兰小孩，老师让她写出三首她们民族的古诗。它们是这样的：

（1）认识松树。认识那松针和松果中病态与死亡的干枯橙色。也认识它们青葱健旺的季节，你的生命就栖息其中。

（2）认识你行驶的船。认识它的船骨。你航行于峡湾的深水，崖壁陡峭，崎岖峡湾深入那未知的海岸。而你会得到什么呢？你会不会抛锚于一座阳光永远照耀的白沙码头，帆桁和桅杆也渐渐长出小小的紫罗兰曼陀林？

（3）在城市，在郊野，在森林，都无法伸展开双臂——所以，如果你要生长，就要奋力挺立，或向下深掘。

李琬 译

葆拉·弥罕诗选

包慧怡 译

葆拉·弥罕

（Paula Meehan，1955—）

1955 年生于都柏林北郊工人家庭，少女时期因组织学潮被教会中学开除，后毕业于都柏林圣三一学院及美国东华盛顿大学。出版有《被冬日标记的人》《画雨》《法身》等十本诗集，以及十余部话剧、广播剧剧本，曾获多种国内外诗歌与剧本创作奖项。继哈利·克里夫顿后任第六任爱尔兰国家诗歌教授，为第一位获此荣誉的女诗人。2014 年到访中国，部分作品中译收入《岛屿和远航：当代爱尔兰四诗人选》（北方文艺出版社，2016）。

游牧人的心

有时，仰望寒冷冬夜的群星
你能感觉变幻不息的星系中
地球旋转的动作，一整条
银河之路嗡嗡作响，犹如蜂巢。

他们说，在路上总比到达好——
停留不过是迁徙途中繁冗的
常规手续。有时，灵魂不过是渴望
一个免于俗世战争的歇脚处。

街灯三三两两地亮起
落叶在脏水潭里结成坚硬的冰，
车被堵在路上或低哮着向家驶去。

若我们没有被迫下跪，我们就会
在感恩和赞美，在信与望中跪下——法之统御
清晰地刻绘在苍空浩瀚的圆穹。

井

我通过魔法而非视力认识这条路。
在我身后的山坡上，小屋的灯光
犹如一颗迷途的星星。月亮

飞快地亏缺着，每片草叶都是寒霜
镌下的如尼字符。太多人走过这条路。
我拽着一只桶走过荆棘和黑刺李。
我通过魔法而非视力认识这条路。
次日清晨，当我衣冠不整地回家
我无法说明井边发生了什么。
我说我被精灵施了迷咒，精灵
看守着地球深处沸腾的水源
你对我的解释不屑一顾，
即使我给你看了洒落在我
桶底的事物——一轮金黄的亏月
七颗银色星星，我们走廊里的灯
窗边凝视着夜色的你的脸庞。

纪念教我读书写字的祖父瓦蒂

献给谢默思·希尼

穿过梅丽安广场积雪的小路
走向国家历史博物馆，城市
四下寂静，公园无人问津，我从白日梦中
抬起头：一片起伏的树枝网，光秃秃
衬着珍珠灰的天空。那儿，仿佛乳白色大海上
一艘三层浆的战船，又如某种高空生物
返巢降落，一单携带森林基因的货物

只从胆汁、纸浆、书页、树叶之光、羽毛中孕育。
是什么在橡树高处攥紧那本书?
一个被赶出学校的孩童,向天国抛开乏味的枷锁?
一件来自前卫艺术家的生态装置?
还是书本与同类共处的深沉需要——
一块小小树根,再次被祖父搂入怀中,摆脱了
她的历史、咒符、如尼文,还有她式微的魅力?

家

我是那个靠一张音乐地图寻找归家路的盲女人。
当我体内的歌就是我从这个世界听到的歌
我就到了家。它尚未被写下,我不记得歌词。
我知道当我听到它时就是我创造了它。我将会回家。

我在利特雷姆郡听过的一个版本很接近,那是周二的雨夜
在肖恩·雷利希酒吧。我专程而来,为了
幻象和传说逗留。业主说时间到了,
音乐干涸,装饰音隐入黑夜。
当自动点唱机刺耳响起,我只剩四种感官而晕头转向
别无选择我只好上路。在十一月的格拉芙顿街
我听见一声巨响:一位流浪艺人用迪吉里杜管
把我吹去了博特尼海湾。那音调太过久远,无法栖身
却刻上了我的白骨。前世我可能是一只袋鼠
在黄金时代中摇摆,为越过波涛的船只定罪。

在某个冬夜的拼图工厂，我确信我到了家。
那多种语言的对话，那些谜语和韵脚奏出一个和弦
破开了药品的迷雾。我的节奏紧张又分裂
我催眠自己返回子宫，我母亲的心脏
击打着她和她的世界的鼓点。我受骗于
她的伴唱，和我自己的歌如此接近。于是我转而
爱上跳舞；我飞旋如一名托钵僧。我发誓听见了
天体运转的微妙音乐。那不是可以栖身的地方——但
在远处，在太空中，夜晚遗世独立地高悬。
那曲调实际上是一种机械的轰鸣；
我是一只可怜的走钢丝的猴。我返回地球
那儿有陆地，雨落上我的脸，阳光洒上我的头发。我感恩。

明智的妇人说，你必须栖身于自己的皮肤，管它叫家
无论它如何被世界滥用又如何褴褛破碎，你总会愈合。
今天早上九点的邮班送来一封信。
文物修复部门，我怪谁？
修女？你的母亲？国家？只要提供打钩框
我们会考虑你的案子。我正烧掉我的肥皂箱，我这就
搭乘下一班火车。无归属地的公民，名下一无所有。

这是我最后的旅途。我的诗行虽然颤颤巍巍，却为我
拼出一张有意义的地图。无论在何处，当我体内的歌
就是我从这个世界听到的歌，我会卸下重负
入睡。我会把我最后躺卧的地方叫作家。

包慧怡 译

阿列士・施泰格诗选

杨小滨 译

阿列士・施泰格

（Ales steger，1973—）

斯洛文尼亚诗人、作家、编辑、文学批评家，生于斯洛文尼亚东北部城市普图伊，大学修比较文学和德语文学。他的诗歌已被译成十种语言，在超过二百种国际文学期刊、杂志发表。已出版五部诗集、一部秘鲁见闻集和两部短篇小说集。2008 年，施泰格赢得斯洛文尼亚语散文类最高奖罗赞克奖。

巧克力

他死了，为了变成在你面前的一条巧克力。
他希望你也能吞食他死亡的焦虑。

无限地。希望恐惧与解救融化在你嘴里。
他的甜肚肠，他调制的苦弯弯。

他让你给他松绑，把你自己亮在合适的光线下。
善良之外。仁慈与宽恕之外。

你们二人无言地触碰，以喑哑礼品的语言。
被你打烂和食用的，打烂并食用你。

你的口水，一张空嘴的秘密感觉是他的。
你的手指在抽屉里寻找他。但不是相反。

你必须保持饥饿，这样神才能依旧给予。
而你的神曾经给予过的东西，他不断取走。

杨小滨 译

米兰·耶西赫诗选

杨小滨 译

米兰·耶西赫

（Milana Jesiha，1950 —）

斯洛文尼亚诗人、剧作家、翻译家。生于卢布尔雅那，大学修比较文学专业，是先锋诗歌团体 442 的成员，以翻译英语、俄语作品著称，译有莎士比亚、契诃夫、布尔加科夫等著作。2002 年因诗歌成就赢得斯洛文尼亚文艺最高奖普列舍仁奖。现为斯洛文尼亚作家协会主席。

一

孩子停留在房子前，直到永远，
他飞快地跑开 – 直到永远，男孩。
他会成长，聒噪，然后缄默无言，
他会旅行，他会爱，他会品尝些许愉快。

他会站在这里，老去，生孩子；
他会骄横；他会饥饿，在干旱年份，
他会生活；向深夜凝视
当了祖父，他仍然敢飞往星辰

用自由的翅膀；他站在这里；
在雪地上默默沉思；站在自己面前；
为自己注入时间，咀嚼狗屁，
无牙，总是，从未，今晚

超越所有沉思的距离，在此；
躺在棺木上，他将成为耳聋的冷泥

——门厅会有芳香与黑暗的花枝——
男孩会永远在房子前站立。

二

石桌站立——一本打开的书，
一支铅笔和一把把它削尖的小弯刀；
在林荫花园的静谧掩蔽处，
被枯干的鸟粪装点，

时间静止了——风停息了——
一个石膏小精灵，一个媚俗小杂种
一艘船在遥远朦胧的海上
我们的救主承诺我们的

甜美天堂的每一片草叶
站立，或者说，从远方，长入其中的，
一只公鸡，羽翼松弛
——而身边的母鸡不再注视——

三

这是一只海鸥吗，在金色天空呱呱叫喊
跟随落日沉入海洋？
是给旅人寻找床的时候了，
如果那里有一张为他挖出的。

杨小滨 译

格列布·雅科甫列维奇·戈尔鲍夫斯基诗选

谷羽 译

格列布·雅科甫列维奇·戈尔鲍夫斯基

（Gleb Jakovljevic gorbovsky，1931—）

1931 年出生于列宁格勒。诗人、作家，出版有多部诗集和文集，重要的作品有《夜晚的路灯摇摇晃晃》（1992）《荒草中的长笛》（1996）《懊悔的头脑》（1999）《道路泥泞》（2000）等。现居住于圣彼得堡。俄罗斯作家协会会员，俄罗斯笔会中心成员。1984 年获俄罗斯联邦国家奖。2009 年获得新普希金奖，2011 年获白俄罗斯国家奖。弗拉基米尔·邦达连科编写的《20 世纪俄罗斯文学》一书中，把格列布·戈尔鲍夫斯基列为该世纪最有才华的 50 名俄罗斯诗人之一。他引用诺贝尔奖得主布罗茨基的话说：“格列布·戈尔鲍夫斯基比叶夫图申科、沃兹涅先斯基、罗日杰斯特文斯基，比任何一个诗人都更有天赋……”

在送别的车站上……

在送别的车站上
我和你偶然相逢，
你的眼睛里没有悲伤，
只有世俗生活的斗争！

躯体已疲倦……皮肤
恰似镶木地板。
你的面庞没有变丑。
而我依然是那个少年。

我还是那个丑八怪，
却对美女情有独钟……
我向你——我的祖国——
捧上十字架般的爱情。

生活

醒来吧……拿起笔和纸，
从低洼处——仰望天空，
想想上帝，正引导你
脱离昏暗，睁开眼睛。

让你睁开眼变得聪明，

让你领悟真实的美……
但并非——立刻亢奋，
而是颂扬美的光辉。

你明白了人生的短暂，
生存是上帝的恩赐。
……耗尽了肉体就坠落
如同苹果掉下树枝。

稿纸

咖啡渣、纸牌、星象，
算命有诸多套路，
生活充满了诱惑，
我一次也不想占卜。

生存的方方面面
如同财富接受下来。
……有时这些稿纸
比夜莺还要可爱。

稿纸对我的宽容，
像母亲容忍儿子。
我喜欢翩翩起舞，
在这片白色天地！

翻腾迸溅的构思，
用滴滴墨水书写。
净化生活用稿纸，
我至今没有堕落。

旷原的花朵

人们说，你们是野花，
和路边的荒草同类。
我却认为你们是圣物，
为大地做美的点缀。
生生不息的矢车菊，
星星点点的洋甘菊，
战战兢兢的三叶草……
旷野的居民，你们好！
……我想构思一支歌，
仿佛沉浸于哭泣声。
谁知内心的欢乐
却驱散了一路的愁情。

天空

由于这座城市的吝啬，
我的窗口只有一小片天！
忽而看云彩长出胡须，
忽而雨水倾泻雾气弥漫，
有时候见雪花飘飘，
犹如一团团棉花堵住了
天自洞中出游的路线。
……空中有飞机飞过，
有星斗世界闪烁光焰……
我的窗户又昏又暗。
一支铅笔握在手中！
我要描绘另一个天空，
让我的心灵宽广透明！

夜晚的路灯

路灯摇摇晃晃的夜晚
走过昏暗的街道很危险，——
我从酒吧里走出来，
我什么人也不等待，
我已经没有力气谈情说爱。

疯女人把我的双脚亲吻，

寡妇变卖家产陪我畅饮。
我厚颜无耻的笑声
向来都能取得成功，
翻着跟头消失了我的青春！

身坐板床我像登基的国王，
想领到灰色票证有份口粮。
我像只猫望着窗户，
对一切全都不在乎！
我料定最早熄灭生命之光。

夜晚的路灯摇摇晃晃
黑猫沿街奔跑像鬼一样，——
我从酒吧里走出来，
我什么人也不等待，
打破人生纪录我总有胆量！

谷羽 译

米古埃·巴尔涅诗选

梁小曼 译

米古埃·巴尔涅

（Miguel Barnet，1940—）

1940 年 1 月 28 日生于古巴首都哈瓦那，古巴作家、诗人、小说家和民族学家。古巴最有国际影响力的作家之一，他的作品被翻译成多种语言在国际发表。青年时期在哈瓦那大学修社会学，无论学术研究还是文学题材，都受到古巴人类学先驱费尔南多·尔提斯的影响。“人物对话”与“古巴黑人文化的神话传说”经常出现在他的诗歌创作里，是他诗歌风格的显著特征。

1994 年，巴尔涅获得古巴最重要的文学大奖“国家文学奖”，2006 年，他的小说作品获得“胡安·鲁尔福国际短篇小说奖”。现任古巴“作家与艺术家协会”的主席。

勘误表

与其说一艘白色的大船
不如说云
与其说灰色
不如说遥远且被遗忘的国家
与其说香气
不如说我亲爱的母亲
与其说恺撒
不如说精疲力尽的死亡
与其说四月
不妨说树、圆柱或者火焰
但是，当他们说脊梁
说语言
说那奇妙的爱
其实是说大写的
　　　　不幸。

要紧之事

人即希望。

——纳奇姆·希克梅特

如今我走入生活
人是唯一要紧的

危险阴影里徘徊
人是唯一要紧的

夏天从未如此
或说残夜的颈

眼睛像树
像风的呼吸
一艘船不见了
在我的一只手里
一艘船不见了

我半个身子苏醒
因为，人是唯一
要紧的

数百头颅被束之高阁
于水的回忆和欢愉
于庇护种子的神话里
危险阴影里徘徊

我走向死亡
在那儿，穿过时间
和瓦砾
唯一要紧的
是人。

请求

借我你的双手，我愿用它们建造一座
　　大教堂
借我你的声音，因为我也想歌唱
借我你的胸部，为了与你共呼吸
借我你的眼睛，我愿用它们看世界
借我你的光，照亮我还要走的路
借我你的影子，让我得它庇护

你曾是我的双手、我的声音
我的胸膛、我的眼睛
我的光，和影子。
我曾想交与你我的命运
然而，我的命运是我的
我的命运
我无法给你。

梁小曼 译

image

影像

因物之灵：谢阁兰眼中的古中国

侯磊 撰文

洋人给中国带来了相匣子，但他们拍照的重点各不相同。最早来的是斯文·赫定那样的探险家。探险家拍地质地貌；而外交官拍社会风貌；浪人拍风景名胜以便战略阵地；而随军记者拍摄军事要津。传教士最无章法，他们什么都拍。而法国人谢阁兰，他拍陵墓。

维克多·谢阁兰（Victor Segalen，1878—1919，又译为赛格朗，色伽兰），他是一个不羁的生命：29 岁开始写小说，31 岁开始写诗，直至 41 岁，在故乡一片树林里神秘地死去，至今尚不知死因，使得他的生命成了谜团。他深深根植于法国汉学家的谱系中：老师是头号大腕沙畹，同门的师兄弟有伯希和与亨利·马伯乐，他又与诗人圣琼·佩斯、克洛代尔为至交。他为兰波、高更写文章，并在后者去世后几个月赶到其居住的小岛，并收集到高更的遗稿。他著述不算很多，但过于跨界。大陆曾出版过谢阁兰的小说《勒内·莱斯》书信集《谢阁兰中国书简》、诗集《碑》、学术著作《中国西部考古记》等。2010 年，上海书店出版社出了三卷本的《谢阁兰文集》:《出征：真国之旅》《画 & 异域情调论》《诗画随笔》，收了很多他关于绘画的随笔文论。他还编著有尚未译成中文的《中华考古图志》（三卷本）《伟大的中国石雕》和

《汉代墓葬考古》等。

他的创作生命仅十年上下，他是诗人、汉学家、文艺评论家、旅行家、考古学家、医生、教师，还兼任摄影家。

东方幻象

谢阁兰时代的欧洲刮着一股“东方幻象”的妖气，他们的老男人都在向往东方的年轻女子。而他的东方幻象十分真实，他在巴黎的东方学校念过一年汉语，并在中国学会阅读古籍。当一个人真正热爱某种文化时，语言会成为他的工具，成为他打开这座文化大门的钥匙，而不再是交流的屏障。

1909 年，谢阁兰以海军见习译员的身份来到中国。5 月 28 日，他到了上海，后去南京、汉口，于 6 月 12 日到达北京——他心中的圣地。他游览了天坛、十三陵、清西陵和长城，认为上海最差，北京最好。8 月 9 日，他与友结伴从北京出发，经五台山、太原、西安、兰州、成都、乐山、峨眉山、重庆、汉口、南京到上海，从上海——北京——上海走了一个来回。次年 2 月，他在香港和家人团聚。这次考察，谢阁兰都写进了《中国书简》里。随后，他到天津的皇家医学院教书，并成为袁世凯长子袁克定的私人医生，并由此接近袁世凯，逐步打入在华洋人的上流社会。

1914 年，谢阁兰接受了一个关于汉代丧葬的考古任务，这次是受到法国使馆的资助，他与众多学者从北京出发，历经河南、陕西、四川、云南，到达了西藏的边界，发现了陕西茂陵霍去病墓“马踏匈奴”的石雕，并根据这次考察写出了《中国西部考古记》，四个章节分别为：中国古代之石刻、崖墓、四川古代之佛教艺术、渭水诸陵。1917 年 3 月到 5 月，谢阁兰以法国在华征工军事团随团医生的身份，第三次来到中国，此次他重点考察了南京、江苏丹阳一带的古陵墓——南朝石刻。

南北朝时期，南朝的宋齐梁陈诸国，皇帝和王侯陵墓前的神道上都有巨大的石刻，统称为南朝石刻，那几乎是古代最为壮观的雕塑与碑铭。最有代表的是天禄，一种头向着天，张开大口，伸出舌头，身有翅膀的神兽。再有的是华表、石碑，石碑是有乌龟驮着的，确切说是性好负重的赑屃，是龙的九子之一。唐宋以前的赑屃仍是龟的造型，不似清代那般有一点龙的模样。经过了上千年的风雪，这些古碑高且巨大，颜色发黑，质地粗砺，雕刻不精，仅仅是随手刻上，书法多是作者直接趴在碑上写，写完按照墨迹镂刻。

南朝石刻中有萧氏家族——最杰出的帝王文学世家的陵墓。谢阁兰逐一考察拍摄，并来到了萧顺墓前。萧顺是梁代开国皇帝梁武帝萧衍之父，被萧衍封为太祖文皇帝。萧顺墓道两侧各有一碑，碑文相同，但左石为正书，右石为反书。谢阁兰以为灵感，写出了一首《神道碑》：

太祖文皇帝之神道（汉字反写）

一幅横写的异常的铭文：八个大字，两两相对，不应从右念到左，而应从左念到右。而且，

八个大字全是反书。行人叫道："刻碑人无知！或者是大逆不道的标新立异！"他们不看，也不留步。

你们呀你们，难道不明白？这八个反书的大字标志着向坟墓的回归，标志着"灵魂的道路"，

它们并不引导活人的脚步。

如果说它们离开沁人心脾的空气，进入石碑，如果说他们避开了光明，落入坚实的深处，

那分明是为了让人们从空间的反面去阅读，死人的呆滞目光正在

移动的无路之境。

这样的诗，谢阁兰写了很多，并收集到诗集《碑》中。在谢阁兰眼里，世界分成两部分，一部分是现世的，另一部分是刻在碑铭中的。他要从现世中脱离，钻入到那个碑铭的世界中。例如他会站在秦始皇陵墓前，想象着秦始皇陵墓内部的构造和当年秦王朝的盛景，他会想得很细很美。他一直在追求诗意的生活。石碑和古墓是生活的载体，文章和行动是现世中的体现。他在《碑》的“自序”中写道：“在这个破烂不堪，摇摇欲坠的帝国中，只有他们意味着稳定。”

他在寻找远古的、不变的帝国。

从碑到诗

1912 年，谢阁兰在北京出版了《碑》，这是他生前唯一一本正式出版的诗集。书采用了金石拓片的连缀册页的形式，诗的四周围以黑色边框，使人见书如见碑。所有的诗都只分段，不分行，每首诗的右上角都配汉语题词，大多出自《诗经》《列子》《尚书》《礼记》《左传》《贞观政要》甚至《竹书纪年》，再有就是他的自造。他似乎不期待法语读者能读懂他的诗，使用汉字不为让人能看懂，而是一种形式感，要汉字的音韵和字形，或根本上，那就是一幅幅图画或巨兽。一个汉字就是一方石碑，他要汉字站在那里，就像石碑站在那里一样。他是天生的文体家，企图造出一种“碑体诗”，似乎在表明，诗的最高形式是碑文，诗本身应刻在石碑上的。而石碑经过了千百年的变迁，它外形的艺术感和镌刻着的诗文之内在意义，构成了一个整体的、诗意的象征。

《碑》的篇章分别用“东方之碑”“西方之碑”“南方之碑”“北方之碑”来命名。有一次，谢阁兰和克洛岱尔一起参观了天津的一个私家花园，克洛岱尔对他说，中国人喜欢靠曲径通幽来忘记真实的方向，寻找自己心中的方向。由此，谢阁兰发现了世界上的第五个方向：中央。他又写了一章“中央之碑”的诗歌。书中的很多诗是针对中国某一块古碑而写。他看到《大秦景教流行碑》，写了《光明的宗教》；游览完明十三陵，写了《丧葬诏书》；在南京看到由韩弼元撰文并书写的《金陵诸葛武侯祠迎神送神辞并序》，写了《卧龙颂》（原碑文为骚体诗，非常优美）。

碑可以映照人心。它原本不过是一块块顽石，被打磨，被雕刻，被当作纸张。它不过是能长期保存，供人观瞻，不能翻页，却又千年不朽的书。石碑是物，而诗歌是灵，石碑是承载诗歌的，但它本身矗立千年，也有了灵的一面。谢阁兰似一位隔空抓物的大神，从碑刻中抓出精神的一面，吞入腹内，化入血液，流诸笔端。也有其他人能理解古中国，但不会转化创作。伯希和把敦煌搬回了法国，谢阁兰把古中国搬回了他的诗里，他的古中国是创造，不是被动接受，他要把中华帝国转化到自我帝国之中。他不是来到中国，而是回到中国。

与此近似的，只有鲁迅。他也抄写了多年的古碑，并将古典的故事化入到小说集《故事新编》中去。他在《摩罗诗力说》中写道：“古民神思，接天然之宫，冥契万有，与之灵会，道其能道，爰为诗歌。”而此时谢阁兰笔下的碑，应试天宫与人间的使者，似良渚文化的玉琮，抑或是三星堆戴黄金面罩的青铜人。

成为时间

谢阁兰的散文诗集《画》分成三部分：玄幻图、朝贡图、帝王图。比如在《玄幻图》中他写道：

因为，放眼四个边角内的空间，你们只看到千万只白色异鸟结成一行，振翮高翔。这是些带羽的飞箭，喙尖且硬，爪细而红。这是些驮人的飞箭：每支上头都坐着个老翁，额头外鼓，双颊红艳，胡须雪白，长袍飘飘一路翻滚。老翁和坐骑难分彼此：他，借着它的羽翼高飞；它，随着他的思维扶摇。飞过一片又一片云岛，他们刚刚降落在那块白色的菱形仙台上。你们现在看到，这座仙台底下有一片柱子托着。

这几句，是由中国古代建筑宫殿脊兽最边上的骑凤仙人（也称“仙人骑鸡”）演化而来。那仙人原本是齐泯王，齐泯王在战争中被追杀时骑凤飞走，化险为夷，由此被用作脊兽的最边上。也有说是他昏庸，钉在最边上以表示临渊之危。而谢阁兰的这些描写，是他在阅尽古今文物后想象出来的，他取的不是中国之物，而是中国之灵。

考古要考上古，唐以前才是古中国。日本汉学家内藤湖南曾有“唐宋转型说”，讲中古时期中国文化的断裂。更有不少学者持“崖山以后无中国”的观念。谢阁兰也受到当时考古学的影响，他考察的汉——南朝——唐的帝王陵墓的石刻，不仅有石人石狮石马，还有石天禄、石辟邪、石獬豸、石翼马等神兽，獬豸头上有一只独角，是中国的独角兽，遇到作奸犯科者就顶死并吞吃下肚，能辨识曲直与忠奸；辟邪是龙头、马身、麟脚，像狮子，能起守卫的作用，是貔貅的前身。翼马又称天马，翅膀上是云团样的花纹，作云雾中飞翔奔驰的形状。这些神兽形态各异，相貌高古，雕刻粗糙到近似抽象，但使你不得不相信，它们曾经存在过。

当你摸着那冰冷的石碑，想从中攫取点灵感，但他们只是石头，绝不多说一句话。

现代的写作者面对的忧郁，即是如何化用中国古典文化的精髓。我们熟读了《简·爱》与大仲马，比划着就能写小说了，但读了四大名著，《聊斋》与《三言二拍》，仍不知如何下笔，背了多少首唐诗，也写不出大唐的气象。而谢阁兰从南朝石刻、汉唐陵墓、西安碑林中抓取灵感的地方，除了精神、细节，还有时间。因为，谢阁兰的古中国是玄幻，他相信那个人神共存的时代，想必他不接受顾颉刚的“古史辨”学派，那个20世纪30年代的学派充满了对夏商周的否定，更不会接受简体字、白话文、横排版的汉字。他了解，文明的分歧不在中西而在古今。他站在时间的维度写历史，写生死，写爱情，在创造自己的东方。他通晓的，是中国原始的思维方式；欣赏的，是《诗经》《尚书》《淮南子》与《山海经》中的世界观、时间观、生死观、月令观和生物分类学。此种思维是阴阳、五行、八卦、对偶的，遗失了这思维，便遗失了进入另一个世界的钥匙。

站在上千年前的古碑雕像前读着一百年前谢阁兰的诗，有如在南京的明孝陵唱孔尚任的《桃花扇·余韵》中【哀江南】的套曲。看着他拍摄的照片，再想起墓碑主人的风流往事，百年前的人仰慕千年前的人，千年前的诗应和百年前的诗，几层重叠的情感，更给百年后的人，留下一番独特的风景吧。

博尔赫斯这样评价谢阁兰：“他当列入我们时代最聪明作家的行列，而且也许是唯一一位曾对东、西方美学、哲学做出综合涉猎的作家。你可以用不到一个月就把谢阁兰读完了，却要用一生的时间去理解他。”这就是谢阁兰，他浸淫在古代陵墓与碑刻中，直至把自己化作那累累荒冢、林林石碑中的一株荒草。

附：谢阁兰诗歌

——选自诗集《碑》

车槿山、秦海鹰 译

丧葬诏书

诒卜皇陵（此语为谢阁兰自造）

我——皇帝，我安排我的丧葬：这里，好客的山峦环抱着宜人的田野。地脉的风水和飘风的平原都很吉利。这座舒适的陵墓将属于我。

因此，架一道五孔桥截断整个山谷：所有行人都变得高贵。

拓宽那条长长的甬道：加上野兽、鬼怪和人。

在那边筑上带有雉堞的高高的壁垒。在山岩中凿出坚实的洞穴。

我的住所非常牢固。我走进去。我走到了。把门重新关上，砌死门前的空地，堵住活人的通道。

我没有返回的愿望，没有遗憾。我不匆忙，不气喘，不窒息，不呻吟。我不声不响的统治，我这漆黑的宫殿令人愉快。

死亡确实高尚、甜蜜、令人愉快。死亡完全可以居住。我居住在死亡中，乐在其中。

但是，让那边的小农庄活下去吧。我愿呼吸他们在夜晚燃起的炊烟。

我还将倾听话语。

我的恋人有水的品性

覆水难收

我的恋人有水的品性：清澈的微笑，流动的姿态，纯净的嗓音像水滴般歌唱。

当偶尔，情不自禁，火光在我眼中闪烁，她懂得如何一边颤抖一边撩拨：把水洒向通红的煤炭。

我那具有生命的水，如今全部泼洒在地！她流走了，躲开了，我焦渴地，朝她追去。

我把双手捧作杯，我用双手截住水，如痴如醉地掬起送到唇边：

我咽下了一把泥浆。

车槿山、秦海鹰 译

谢阁兰摄 南京栖霞寺石塔，1917 年

谢阁兰摄，陕西乾州，唐高宗李治与武则天合葬墓，六十一藩臣像，1914 年 3 月 4 日—6 日

谢阁兰摄，南京南朝石刻之陈武帝陈霸先万安陵石刻，1917 年

谢阁兰摄，南京南朝石刻之梁安成康王墓石刻，1917 年

谢阁兰摄，南京南朝石刻之梁临川靖惠王萧宏墓石刻，1917 年

谢阁兰摄，南京南朝石刻之忠武王萧憺墓石刻，1917 年

谢阁兰摄，陕西临潼县，秦始皇陵，1914 年 2 月 16 日—17 日或 24 日

谢阁兰摄，陕西兴平霍去病墓 1914 年 3 月 6 日

谢阁兰摄，四川绵州汉代平阳府君阙，1914 年

谢阁兰与友人考察北京天坛。自左至右：谢阁兰儿子伊冯、谢阁兰妻子伊芳、谢阁兰、让·拉尔蒂格、奥古斯都·吉尔贝·德·瓦赞，1917 年 1 月

essay

随笔

带着来自塔露萨的书

——俄罗斯诗歌记行两篇

王家新 撰文

1961年，在寂寞的暮年，在曼氏、玛丽娜·茨维塔耶娃、帕氏已相继离开人世的巨大荒凉中，阿赫玛托娃写下了这首诗，她不仅以她的哀歌来为她那一代一个个光辉的灵魂送别，也意识到注定要由他们四个来承担俄罗斯诗歌又一个苦难而光荣的时代。在晚年致曼德尔施塔姆遗孀娜杰日达的信中，她就这样不无悲痛地写道："我们都曾经想到我们一定要活到那一天——那哭泣和光荣的一天。"

“永存我的话语”

——彼得堡诗歌记行

对我来说，圣彼得堡是普希金的彼得堡、果戈里和陀思妥耶夫斯基的彼得堡，更是20世纪俄罗斯白银时代伟大诗人阿赫玛托娃、曼德尔施塔姆的彼得堡。

因此一到彼得堡，我第一个想去访问的，就是阿赫玛托娃纪念馆。

但阿赫玛托娃却不是那种昙花一现的诗人，她注定要被诗歌“留下来”，

曼德尔施塔姆在狱中

以完成一种更艰难也更光辉的命运。阿赫玛托娃纪念馆就为人们展现了诗人中后期令人感叹而又令人惊异的命运。

诗人是在20年代中期搬进这套被称为“喷泉屋”的公寓并与艺术批评家尼古拉·普宁同居的。“喷泉屋”本为18世纪舍列梅捷夫宫的偏房，诗人的寓所就处在四层上。一踏上通向它的曲折楼道，我就想起了诗人的一节诗：

“对你，俄语有点不够，／而在所有其他语言中你最想／知道的，是上升与下降如何急转，／以及我们会为恐惧，还有良心／付出多少代价。”

而这，不仅是这位“说俄语的女但丁”一生的写照，也是我们中国诗人为什么深受其吸引的最根本原因。正是在这里，诗人在沉默近十年后又开始了创作，诗风愈加简练、凝重，开始承担起历史赋予的重量。1940年前后，她冒着巨大风险写下以儿子被捕、监禁为题材的长诗《安魂曲》（生前未能公开问世）；1946受到粗暴批判，被开除出作协；此后在艰难环境下默默写作《没有主人公的叙事诗》，成为她一生的艺术总结——据说索尔仁尼琴当年曾把这部长诗全部手抄了一遍！

在诗人纪念馆，从一个房间到另一个房间，我满怀着激动，但又静静地观看着（间或从窗口眺望楼下那个带风景的花园）。从餐厅里一直摆放的普希金画像，到起居室里那面绿色的大立镜——那些“来自未来的客人”，如以赛亚·伯林、布罗茨基等等，甚至《没有主人公的叙事诗》中的那些亡灵，就曾一一出现在这面镜子里。至于处在房间角落里那斜靠的沙发座椅，带老式台灯的小书桌（正是在那里，她与来访的伯林彻夜倾谈），我则有点不敢轻易靠近，仿佛那搭在沙发椅上厚重的沙发布，也像是刚刚从诗人肩头滑落下的大理石披巾！

“哀泣的缪斯”，但也是最为美丽、优雅、高贵的缪斯！参观完毕，我买了一大册“阿赫玛托娃与她的同时代人”和一张诗人肖像，我要把它们带回到北京。诗人的肖像为中年时期处在黑色背景下的侧面头像，端详着它，我就不禁想起了诗人自己《北方的哀歌》（也即“彼得堡哀歌”）中的诗句：“而裙子窸窸窣窣，方格地毯，／胡桃木框的镜子，／卡列尼娜式的美令人惊叹……”

至于曼德尔施塔姆（1891—1938），虽然是出生在华沙的犹太人，但在圣彼得堡度过了他的童年和青少年，并成为一个诗人。可以说，比起很多人，他都是一位更为典型的“彼得堡诗人”。但是，因为他拒绝“圆柱旁的座位”而选择了去做“游牧人”，其命运多舛，在彼得堡也无任何固定住所，所以在这里没有一个像阿赫玛托娃那样的纪念馆。

但是，因为他的诗，对我来说，整个彼得堡仍处处响彻着他的声音。一进入彼得堡市中心，前方出现彼得大帝时期“海军部”高耸的镀金尖塔顶部，我马上就想起了诗人后来在流放地沃罗涅日所写下的一节诗：

我的国家扭拧着我
糟蹋我，责骂我，从不听我。
她注意到我，只是在我长大
并以我的眼来见证的时候。
然后突然间，像一只透镜，她把我放在火苗上
以一道来自海军部锥形体的光束。

因此，在圣彼得堡大学“远东文学国际研讨会”的演讲中，我讲到了诗人中后期“诗人与帝国对立”的原型困境。说它是“原型困境”，因为它源自奥维德、但丁，也源自普希金。而20世纪俄国的残酷历史，再一次选中了他来担当诗人的这一命运。在演讲中，我特意讲到《列宁格勒》（1930）这首名诗。该诗是曼氏从亚美尼亚回到列宁格勒时写的。从任何意义上讲，彼得堡都是他的摇篮和家乡。但是，自1928年起，因受到列宁格勒文坛排斥，诗人不得不迁居莫斯科——如同罗马之于奥维德，圣彼得堡已成为他永远失掉的帝国和故乡：

我又回到我的城市。它曾是我的泪，
我的脉搏，我童年时肿胀的腮腺炎。

在翻译该诗时，一个“肿胀的腮腺炎”，使我自己年轻时代的记忆也全回来了！而接下来：“然后睁开眼，你是否还熟悉这十二月的白昼？／在那里面，蛋黄搅入了死一般的沥青。”这一节诗太厉害了！它令人惊异地道出了一个觉

悟的瞬间，一个启示录般的灾难天空的意象！它意味的，是故乡的变异和毁灭，而这对归来的诗人才是最致命的。

因而接下来诗人会发出呼喊：“彼得堡！我还不想死！”请注意，诗的题目是“列宁格勒”（圣彼得堡1924年更名为列宁格勒），但是现在，诗人却转而对他童年的彼得堡直接讲话。诗人无法不采用“列宁格勒”这个新名字，但他却可以向他记忆中的永恒故乡发出哀求，哪怕这是一种绝望的哀求！而接下来的一句“彼得堡！我还有那些地址：/可以查寻死者的声音”，不仅传达了诗人内心的颤栗，也骤然间打通了生与死的界限……

因此，当我们乘坐游船在彼得堡市区游览，那纵横于河道、桥梁和街区上空的电线，对我来说，仿佛仍在传递着这令人颤栗的声音。因为对命运先知般的洞悉，因为预感到一个正在到来的大恐怖年代的深重阴影，在1931年给阿赫玛托娃的一首诗中，曼氏一开始就发出了这样的声音：

> 请永远保存我的词语，为它们不幸和冒烟的余味，
> 它们相互折磨的焦油，作品诚实的焦油。

作为一个“未亡人”，一个似乎生来即是为了唱挽歌的诗人，阿赫玛托娃接受了这种神圣的委托。她不仅在曼氏流放在沃罗涅日期间曾千里迢迢前去看望，还在晚年写下了多篇回忆曼的文字，“在记忆里，犹如在一只镂花箱柜里：/是先知的嘴唇灰色的微笑，/是下葬者头巾上高贵的皱褶，/和忠诚的小矮人——一簇石榴树丛”——她在40年代中期写下的这首名诗，难道不也正是献给曼德尔斯塔姆的吗？

阿赫玛托娃回忆曼的文字及许多晚期作品，大都是在科马罗沃写的。在彼得堡期间，我也专门去了科马罗沃。严格说来，阿赫玛托娃一生并没有真正属于自己的家，即使陆续生活了三十年的“喷泉屋”，也属于“寄寓”。50年代末期，当时苏联的文化状况有所松动，列宁格勒文学基金会在距彼得堡四十公里外的科马罗沃作家疗养地分给了她一处住房，这个木板小屋距海

边不远，处在一大片松林之中，属于简易房，被阿赫玛托娃自己戏称为“岗亭”，木床还缺一条腿，不得不用砖头支撑着。但诗人却在这里获得了安宁，她生命的最后七八年大都在这里度过。

诗人在这里并不寂寞，布罗茨基、耐曼等“小伙子”常坐火车带着鲜花到这里“朝圣”（“你是在和一个用她的语调就改变了你的人在一起。阿赫玛托娃改变你，仅凭她的发音或是一扬头……”——布罗茨基语），亲朋好友、传记作者和刊物编辑也常常来，并帮着她照料在这里的生活。但是，从内里看，这位饱经沧桑的女诗人已活到“没有人可以伴哭，没有人可以一起回忆”的境地，也没有任何人可以帮她抹去她诗中的那种悲凉。正是在科马罗沃，她写下了一首诗，诗前引用了茨维塔耶娃的一句诗“啊哀泣的缪斯”：

……我在这里放弃一切，
放弃所有来自尘世的祝福。
让树林里残存的躯干化为
幽灵，留在“这里”守护。

我们都是生命的小小过客，
活着——不过是习惯。
但是我似乎听到在空气中
有两个声音在交谈。

两个？但是在靠东的墙边，
在一簇悬钩子嫩芽的纠缠中，
有一枝新鲜、黑暗的接骨木探出
那是——来自玛丽娜的信！

这“两个声音”，指曼德尔施塔姆和帕斯捷尔纳克。1961 年，在寂寞的暮年，在曼氏、玛丽娜·茨维塔耶娃、帕氏已相继离开人世的巨大荒凉中，阿赫玛托娃写下了这首诗，她不仅以她的哀歌来为她那一代一个个光辉的灵魂送别，也意识到注定要由他们四个（因此有的英译本把该诗译为“我们四个”）来承担俄罗斯诗歌又一个苦难而光荣的时代。在晚年致曼德尔施塔姆遗孀娜杰日达的信中，她就这样不无悲痛地写道：“我们都曾经想到我们一定要活到那一天——那哭泣和光荣的一天。”

1966 年 3 月 5 日，诗人走完了人世的最后一程。据传记材料，这是她写

帕斯捷尔纳克墓碑上的诗人雕像

于当年 2 月的最后的诗句：

> 必然性最终也屈服了，
> 犹豫地，她自己退闪到一旁。

阿赫玛托娃，这位“哀泣的缪斯”，以她苦痛而伟大的一生，以她自身的惊人耐力，在最后甚至让命运的“必然性”也“退闪到一旁”。诗人耐曼在回

忆录中就曾这样感叹：仿佛她一转身关上门，便化为永恒的大理石雕像。

遵照阿赫玛托娃的生前遗愿，她永远安葬在科马罗沃。带着最轻微的脚步，我们在寂静的松林间找到了诗人墓地。她没有葬在彼得堡著名的公墓里，与那些王公贵族为伴，而是选择了让她所喜爱、信任的科马罗沃的松树来“守护”（“只有镜子能梦见镜子／只有寂静能维护寂静……”）。在黑色的金属十字架下，是诗人的墓碑，上面居然没有生卒年月，只有诗人的名字（还需要标注吗？她已属于永恒！）墓园的纪念墙上，则有一个以诗人年轻时代的肖像为原型的侧面头像浮雕，远远即可看出——那就是人们心目中的“俄罗斯的萨福”！

几乎要抑制住泪水，我在诗人墓地待了近二十分钟。临别时，又回头深深鞠了一躬：再见，哀泣的缪斯！我们要永远保存你的词语，不，是你的词语会永远伴随着我们，如空气，如寂静，如远海溅起的涛声，如这些笔直松树的幽灵。我只能借布罗茨基《阿赫玛托娃百年祭》（刘文飞译）中的诗句来表达我自己：“伟大的灵魂啊，你找到了那词语，／一个跨越海洋的鞠躬，向你，／也向那熟睡在故土的易腐的部分，／是你让聋哑的宇宙有了听说的能力。”

带着来自塔露萨的书

——莫斯科诗歌记行

“从我手中接过——这座非人手建成的城市”—— 这是当年尚年轻的茨维塔耶娃写给“彼得堡诗人”曼德尔施塔姆的《莫斯科诗篇》的开篇。今年七月上旬的一天，沿着当年曼德尔施塔姆的铁路线，我从彼得堡来到了莫斯科，但我能接过这座宏伟而奇异的“非人手建成的城市”吗？我能做的，无非是“还愿”。

现在想来，在莫斯科的那四五天，尤其是对帕斯捷尔纳克故居的访问、在“白银时代纪念馆”的朗诵、对茨维塔耶娃纪念馆尤其是对其童年故乡塔露萨的访寻，无论是有意还是无意，都带有一种“还愿”性质。我把来自他们的精神赠予但又属于我自身的东西还给了他们，而又通过这种还愿把我和这些“亲人”更深地联结在了一起！

这就是为什么一来莫斯科，我就要去看茨维塔耶娃旧居纪念馆。本来纪念馆周一关门，但在俄国科学院拉拉博士的帮助下，我们不仅破例参观了纪念馆，还参观了隔壁另一幢楼里的档案馆。该档案馆专供研究者使用，不仅收集有最齐全的茨维塔耶娃资料，还有各种语言的译本，在那里我发现法译版的茨维塔耶娃诗全集（英、德则只有各种不同的诗选集），中译方面则收藏有谷羽、汪剑钊翻译的茨维塔耶娃传记和诗文集。在那里，我向档案馆女馆长赠送了我翻译的《新年问候：茨维塔耶娃诗选》，并在书的扉页上留下了这句话：“我把茨维塔耶娃还给茨维塔耶娃。”当我这样写时，说实话，手都有点颤抖，因为那是“我的茨维塔耶娃”，是长久以来我生命的一部分，是我在翻译中倾尽心力，甚至一次次为之流泪的茨维塔耶娃，但我又必须把这个“汉语中的茨维塔耶娃”还给她的故乡——那给予她无穷苦难但又造就了她的伟大的故乡！

至于访问帕斯捷尔纳克在莫斯科郊外的故居和墓地，更属一种还愿行为。在去的路上（是在莫斯科的朋友彭明宽开车带我去的），我要做的第一件事就是买花（“不能到你的墓地献上一束花／却注定要以一生的倾注，读你的诗”，这是多年前我的《帕斯捷尔纳克》一诗的开篇），好在我们在一家超市发现了花店，我买了三大束菊花，它的素洁芳馨，正好能表达我的心意。

一个诗人最好能住在郊外，除了安静、与都市的喧闹保持必要的距离外，从乡下到城里的来回路上，我相信都会产生诗的情感。临近别列杰尔金诺，我发现还有一小火车站，我猜想帕氏的许多诗都是在汽笛的呜呜声中开始或完成的。“生活，我的姐妹”，这位“自然之子”对生活怀有怎样的爱啊！以至于他因“诺贝尔奖事件”遭受大规模声讨和批判时，他曾满怀悲愤地这样写下：“我犯了什么罪？／我杀了人么？／我只是写下了我美丽的故土，／并让全世界为之恻隐。”

而从诗人故居纪念馆一进去的那个温馨明亮的餐厅，就是当年帕氏得知获诺奖消息的地方，当时诗人和家人正在用餐，墙上挂着他手持酒杯站起的照片，看得出他那时庄重而又抑制着激动，只是没料到不久这便成为一个噩梦！

二楼上的写作间是这座童话般的房子的灵魂所在。它宽大、宁静，布置简单，门边摆着一双长皮靴，衣柜一侧还挂着诗人生前穿的大衣、帽子和长围巾，墙上则是诗人的画家父亲为托尔斯泰的《复活》画的插画，以及拉赫玛尼诺夫等人的油画肖像。在静谧的光线中，我观看着书柜里的部分藏书（叶芝、海明威和英俄大词典——他用来翻译莎士比亚）和摆放的墨水瓶（“二月，墨水足够用来痛哭！”）最后，我把目光再次投向那张靠近宽大窗户的长长的松木桌子，就是在那里，“蜡烛在燃烧”，诗人陆续用了多年（1947—1956）写下了《日瓦戈医生》等作品。作家卡尔维诺曾称《日瓦戈医生》“创造了一个深邃的回音室”，而此刻，我正处在其中，这真是让人难以置信！

故居的另一个小房间，则摆放有帕氏死时的沙发床、诗人死后的遗像和石膏面模。帕氏是于1960年5月底死于癌症的，但在这之前五六年，人们说他看上去仍那样充满活力，显然，其早逝和他1958年获诺奖后遭受的一连串噩梦般的经历有关。望着诗人不无悲郁的遗像，我不由得想起了日瓦戈葬礼上迟来的拉丽莎（几天后她又被抓进集中营）伏在日瓦戈遗体上说的话，每次读都使我内心

“蜡烛在燃烧”，帕斯捷尔纳克的写作间

颤栗："我们又聚在一起了，尤拉。上帝为什么又让我们相聚？……你一去，我也完了。……永别了，我的伟大的人，亲爱的人；我多么爱听你那日夜鸣溅的水声，多么爱纵身跃入你那冰冷的浪花之中……"

也正因为如此，在参观完诗人故居前往其墓园时，我也很想去看拉丽莎的原型奥尔迦·伊文斯卡娅的墓地。这个为帕氏一再被捕、坐牢、流放的美丽女性，在她活着时甚至不能参加诗人的葬礼，除了根据她的遗愿所安葬的这个挨近诗人的墓园。

诗人的墓地处在邻近别列杰尔金诺主显圣容大教堂的一处平民公墓里。和旁边的堂皇教会公墓相比，它多少显得有点荒芜凋敝。好在帕氏墓园很好找，它坐落在公墓边角，墓园较大，墓碑为白色大理石，上面雕刻着诗人年轻时英俊的头像。我缓缓走向墓园，献上鲜花，默默伫立了一会儿后，就去寻找伊文斯卡娅的墓地。我们在荒草和荆丛中转来转去，意外发现了其他几位著名诗人、作家的墓碑，但怎么也找不到她的墓地。最后我只好再次回到帕氏的墓园。好在当我返回时，本来阴晴不定、下着阵雨的天空一下子放晴了，强烈的阳光透过松林，径直洒在诗人洁白的墓碑上！我向"我的诗人"道别，向洒下的金色阳光道别，向墓园外山坡上的风中草地道别，而阿赫玛托娃悼念帕氏的不朽诗句也就在那时为我再次响起："他化为赋予生命的庄稼之穗，／或是他歌唱过的第一阵细雨！"

在诗人墓地的经历，多少让我感到有点不可思议。那久寻不见的伊文斯卡娅的墓地，那骤然投射在诗人墓碑上的阳光！让我没想到的，还有在莫斯科"白银时代纪念馆"的专场朗诵，这样的安排也是有"缘分"的吧。

"白银时代"是指19世纪初期涌现的一批天才诗人、作家所代表的时代，他们创造了普希金之后俄罗斯文学的又一个光辉时代。该纪念馆原为诗人布留索夫故居，我去时那里同时有一个关于"白银时代"的展览。我要感谢俄国年轻的汉学家邓月娘，在她翻译的我的15首诗中，就有《瓦雷金诺叙事曲——给帕斯捷尔纳克》，我的朗诵会就以这首诗开始。我以此向帕斯捷尔纳克致敬，向"白银时代"致敬，当然，更是向那把我们深深连接在一起的

"共同的命运"致敬！

更让我难忘的，是此行最后对茨维塔耶娃童年故乡塔露萨的寻访。塔露萨为莫斯科以南一百多公里外奥卡河边的一个小镇，茨维塔耶娃的父母在那里有一处度夏别墅，诗人在那里度过了童年。我自己最早知道塔露萨，是通过翻译策兰《带着来自塔露萨的书》。1962 年间，策兰在巴黎收到《塔露萨作品集》（Tarusa Pages），读到茨的诗后非常激动并创作了这首长诗，全诗以"来自 / 大犬星座，来自 / 其中那颗明亮的星"开始，气象宏伟，神秘，命运之星高悬于远方，那是对"天赋"的昭示，也是一个诗人对自身起源的辨认和回归。在该诗中，随着诗的节拍一浪浪涌来，达到这样一个高潮："来自那座桥 / 来自界石，从它 / 他跳起并越过 / 生命，创伤之展翅 / ——从那米拉波桥。/ 那里奥卡河不流淌了。怎样的爱啊！"米拉波桥处在塞纳河上，策兰后来也正是从该桥上投河自尽的（"创伤之展翅"！）而在他写这首诗时，好像在米拉波桥下流淌的已不是塞纳河，竟是茨维塔耶娃的奥卡河了！是的，正是爱，那满怀伤痛的爱，使奥卡河来到了米拉波桥下，并变得不流淌了，"怎样的爱啊"！

而接下来，策兰还写道："来自一个词…… / 靠着它，桌子， / 成为了帆船板，从奥卡河 / 从它的河水们。/ / 来自一个偏词，那船夫的嚓嚓回声……"有了这张诗人之桌（书桌是茨维塔耶娃最爱写到的），有了茨维塔耶娃歌唱的奥卡河，也就有了那顺流而来的"帆船板"！而策兰自己要做的，就是在自己的语言中，发出那"船夫的嚓嚓回声"！

至于"偏词"，如果和该诗前策兰所引用的茨维塔耶娃的一句诗"所有诗人都是犹太人"联系起来，就不难理解了：什么是"偏词"呢？策兰之于德语正统文学，茨维塔耶娃之于苏联文学，都是一个"偏词"！

这就是策兰为什么如此认同茨维塔耶娃。这也是为什么我自己前年出版的一本译诗集就叫《带着来自塔露萨的书》，去俄国临行前我把它带在了随身的包里，我也会永远把它带在身上！

此行同样是彭明宽开车带我去。穿行在广阔的俄罗斯大地，到达塔露萨

奥卡河畔的茨维塔耶娃青铜雕像

时，这位学工程的老兄也激动起来。塔露萨风景之开阔和幽美，的确不负盛名，它很久以来就是俄罗斯作家和艺术家的居住地。茨维塔耶娃从幼年到十来岁都在此地度过夏天（而她的女儿 50 年代从劳改营获释后，绝大部分时间也在此地生活）。她留下的诗文中时见塔露萨和奥卡河的风采。诗人生前也希望死后能安葬在塔露萨（她于 1941 年 8 月底、也即流亡回国的两年后自缢于俄罗斯另一个小城，最后连墓地也难以确定），因为正是在那里的山坡上和接骨木树丛下，她度过了她的金色童年，她作为一个诗人的生命被赋予……

遗憾的是，诗人旧居因为年代久远已拆除，我们去在旧址上新建的纪念馆时，正遇上一大车乡村妇女和老头老太太，由导游带着进去参观。我被挤在人流后面，很多展品都来不及细看。只有诗人童年时的小书桌（原件）、古老的钢琴（“我的第一语言是音乐”）和一些老照片给我留下了较深的印象。

好在旧居后面的大花园仍在，花园中那个诗人从小玩耍的小木屋虽然朽坏，布满青苔，但还在。这就是养育了一个诗人的神奇世界！在花园深处，我一眼就看到了诗人在异国他乡所思念的“花楸树”！还有那茂盛翠绿的接骨木：“接骨木充满了整个花园！／接骨木翠绿，翠绿，／……比初夏的来临更绿！／接骨木——蔓延到日子尽头！”

参观完纪念馆，我们便走向奥卡河。河畔高岸上立有茨维塔耶娃高大的赤脚青铜雕像，旁边还有帕乌斯托夫斯基等著名作家、诗人的雕像，他们生前也曾住在此地，尤其是帕乌斯托夫斯基，中国很多作家都知道他的《金蔷薇》并受其影响，他们不知道的，正是他在解冻时期编选了《塔露萨作品集》（收有茨 41 首诗，1961 年出版），使布罗茨基那一代人第一次读到茨维塔耶娃，使一个“被埋葬的诗人”重见天光！

而穿过这些光辉的雕塑，蜿蜒流淌的奥卡河便全然展现在我的眼前。似乎知道有远道的客人来“探亲”似的，那成群的黑鸟（我宁愿想象它们为燕

茨维塔耶娃的奥卡河

子）从河谷里一次次地来回盘旋，并发出欢快的鸣叫！这真是令人掉流泪啊。而最让人心颤的，还是走下河岸、用双手触及奥卡河清澈的盈盈河水的那一刻！那一刻，好像我终于替一位亲人还了愿，好像我自己也重返生命的本源（我也是在汉水河边长大的孩子啊！）也正是在那一刻，我有了一首诗，作为我对我的亲人的永恒的纪念：

"在塔露萨 / 在茨维塔耶娃纪念馆 / 只有童年的那个珍贵的小书桌不是复制品 /（它来自外婆，它也不可复制）/ 只有花园里掩映在绿荫中的花楸果依然殷红 /（如一个五岁小女孩的嘴唇）/ 只有接骨木仍在响亮攀援，比任何一个夏天都绿 /……只有山坡下的奥卡河，玛丽娜 / 依然是你最清澈的奥卡河 /……只有童年的燕子仍成群从河谷里飞过 / 它欢快的鸣叫，玛丽娜 / 和我们在那时听到的一模一样！/ 只有这河水仍在流，它再次向沙滩盈盈漫来 / 为的是让我蹲下，让我哭，为的是 / 让我替你向它伸出这一双手……"

是的，我为我的玛丽娜伸出了这一双颤抖的手！

retranslation

重译

马雅可夫斯基早期作品新译

汪剑钊 译

马雅可夫斯基

（Владимир Владимирович Маяковский，1893—1930）

在 20 世纪俄罗斯诗人中间，马雅可夫斯基堪称“被人引用最多，而受人理解最少”的一位。他出生于格鲁吉亚库塔伊西省的一个林务官家庭。1906 年，迁居莫斯科。学生期间，因参加革命活动曾三度被捕。1911 年，与布尔柳克、赫列勃尼科夫等共同发起未来主义运动。1913 年，马雅可夫斯基与赫列勃尼科夫、克鲁乔内赫、布尔柳克等人合作出版了一部诗文集《给社会趣味一记耳光》，标志着这一流派的公开亮相，其同名文章即成为该派的宣言，他们自称为“立体未来派”。未来主义信奉的原则是，“艺术必须和生活一样不连续，必须释放类似机器和城市所具有的能量，以推动人类去征服时空。”它的主要美学问题是努力把词本身从文学传统的覆盖物下解放出来，强调词的音响效果和诗的图形素质，以表达非理性世界的破碎与不谐，战胜时间对人类的控制，跃入崭新的未来世界。十月革命后，马雅可夫斯基以饱满的热情参与苏维埃文化的建设，声称要接受“社会订货”，要成为“大嗓门的鼓动家”，喊出“时代的最强音”，为此发表了一系列作品，包括长诗《列宁》《好》等，赞美新生的政权。1930 年，因文学流派之间的纷争和爱情的失意而自杀。他的作品音调嘹亮、节奏鲜明，用词简洁、尖锐，意象奇诡而富于跳跃性，充溢着强大的生命本能和尼采式的极端主义激情，非常适合舞台上的朗诵与表演，这一写作风格接续了俄罗斯诗歌的吟唱传统，对后世产生了很大的影响。

穿裤子的云

你们的思维
正靠在柔软的脑髓上进行幻想，
仿佛偷吃的仆人躺在油污的沙发床，
我要用心脏血淋淋的布头逗弄它：
尽情地嘲弄，我无耻而刻薄。

我的灵魂没有一根白发，
它也没有任何老者的温情！
我嗓音如雷威震世界，
我大步行走——无比俊朗，
二十二岁的青年。

温柔的人们！
你们在小提琴上寄托爱情。
粗鲁者把爱情平放在定音鼓上。
你们不像我，把自己翻转，
让全身布满连绵的嘴唇！

赶快出来学着点吧——
走出客厅，穿着锦衣，
天使联盟端庄的官太太。

她冷静地翻阅这些嘴唇，
仿佛厨娘在查看烹饪指南。

随你们的便——
我将变成狂热的食肉者，
——像天空一样变幻不定——
随你们的便——
我将变得无可挑剔的温柔，
不再是男人，而是——穿裤子的云！

我不信有鲜花盛开的尼斯存在！
我将再一次去赞美
破旧如病床上的男人，
赞美被用滥如熟语的女人。

夜

深红的和苍白的被揉皱和抛弃，
向葱茏绿色撒出一串串金币，
分发燃烧着的黄色扑克牌，
交到窗户伸出来的黑手掌里。

瞧见楼房身披一件蓝色的外套，
林荫道和广场并不感到奇怪。
灯光如同一道道黄色的伤痕，
给晨跑者的脚髁戴上订婚的镯子。

人群——这只动作敏捷的花猫——

受着门的诱惑，躬起身子在游动；
每个人都想从笑声铸成的巨块中
抽取点什么，哪怕一丁点也成。

我感到裙子的利爪在招引，
向它们的眼睛挤出一个笑容；
黑奴们额头涂抹鹦鹉的翅膀，
敲着铁皮唬人，大笑着起哄。

从街道到街道

街
道。
岁月
的
短毛犬
那张脸
更
清晰。
通
过
从奔跑的房屋
蹿出的铁马
溅起最初的立方体。
脖子上挂着铃铛的天鹅，

在导线的套索中腐烂！
在长颈鹿图画的天空准备
将一绺赤褐的顶发染上彩色。
犹如彩色的鳟鱼，
不加修饰的
耕地之子。
魔术师
从有轨电车的嘴巴
拽出铁轨，
躲在钟楼表盘的背后。
我们被征服了！
澡盆。
灵魂。
电梯。
灵魂解开胸罩。
手臂灼伤肉体。
喊吧，只是不要喊：
“我不想要！”——
痛苦
尖锐
如焚。
带刺的风
为烟囱
翻掘
烟织的女斗篷。
秃顶的路灯
淫邪地脱掉了

街道的
黑色长袜。

您是否能够？

我把杯子里的颜料泼出，
立刻就抹掉日常生活的构图；
我能用一盘小小的鱼冻
展示大海耸起的颧骨。
我从洋铁鱼的脊背
读出了新嘴唇的呼吁。
而您
是否能够
用排水管充作长笛，
吹奏一支夜曲？

由于倦怠

大地！
请让我用缀有异国金饰的嘴唇碎片
吻遍你逐渐秃顶的头颅。
请让我用锡质眼睛的火焰上空如烟的发丝
缠绕你凹陷如沼泽的胸脯。

你！我们——俩，
被扁角鹿扎伤和驱逐，
发出被死亡铺上鞍子的烈马之嘶鸣。
屋中升起的烟雾伸出爪子驱赶我们，
用渣滓激怒在火焰的滂沱大雨中腐烂的眼睛。
我的姐妹！
在即将流逝的世纪之养老院，
或许，我可以找到我的母亲；
我扔给她因歌唱而染血的一只号角。
水沟，这绿色的寻觅者，
在田野上发出"呱呱"的蛙鸣，
肮脏的道路甩出一条绳索
将我们捆绑。

城市地狱

窗户把城市大地狱分割成
小地狱，吸血似的吞噬光明。
汽车奔驰，犹如赤发的魔鬼，
喇叭的噪声在耳畔轰鸣。

那招牌下正兜售刻赤[1]的鲱鱼，
晚风席卷，电车一边飞奔，

1 刻赤，克里米亚半岛的一个滨海城市。

一边滚动眼珠，受惊吓的老头
哭喊着寻找自己的眼镜。

矿石在摩天大楼的洞窟中燃烧，
列车的钢铁堵塞进出的孔道，
飞机一声尖叫在那里降落，
在受伤的太阳流泻目光的地方。

这时，——街灯的床单已被揉皱——
淫秽的夜醉醺醺，恣情放荡，
而在街头夕阳后面正瘸行着
一轮无人需要的、颓靡的月亮。

爱情

姑娘被怯生生地裹进泥沼，
青蛙的奏鸣正在不祥地扩散，
一个棕发的人踟蹰在铁轨上，
鬈发纷披的车头呵斥着驰过。

风儿跳起奔放的玛祖卡舞，
透过太阳的煤气钻入云蔚，
我就成了七月炎热的林荫道，
女人把烟头当作香吻抛扔！

愚蠢的人们，抛掉城市吧！
光着身子去到太阳底下，
把醉人的美酒灌进胸的皮囊，
雨点的亲吻贴紧炭火的脸颊。

聊一聊彼得堡

眼泪从屋顶爬进了烟囱，
给手臂画出一条长河；
而对准天穹耷拉的嘴唇，
将石制的奶头往里塞。

天穹——安静下来，变得清朗：
湿漉漉的牧者疲惫不堪，
将涅瓦河这头双峰骆驼
向海盘子闪亮的地方驱赶。

拿去吧

再过一小时，你们这些松弛浮肿的脂肪
就要离去，纷纷钻进空寂的小巷，
我向你们打开诗歌的宝匣，
我呀——是浪子，那无价词语的挥霍者。

喂，你这个男人，胡子上粘着洋白菜，
不知在何处吃剩喝剩的白菜汤；
喂，你这个女人，脸皮涂成了驴蛋，
如同一只牡蛎在食物的贝壳中躲藏。

你们全体围扑着诗人心灵的蝴蝶，
穿鞋的和不穿鞋的都有，肮脏不堪；
这群人兽性大发，恰似百头虱子
竖起一只只细脚，相互挤成一团。

可是，倘若我这个粗鲁的匈奴
今天并不愿挤眉弄眼，迎合你们——
我就哈哈大笑，快乐地啐口唾沫，
啐你们的脸颊，
我呀——是浪子，那无价词语的挥霍者。

什么都不懂

走进理发店，心平气和地说：
“劳驾，帮我把耳朵清理一下。”
肥胖的理发师即刻变成了一枚松针，
面孔拉长，如同一只梨子。
“疯子！
红毛鬼！”——

蹦出一串咒词。

谩骂声一串接着一串，

一嘟噜一嘟噜，

嘿嘿，什么人的脑袋

探出人群，活像一棵老萝卜。

听着

听着！

倘若星星开始闪光，

就意味着——有人需要它们？

就意味着——有人需要它们存在？

就意味着——有人将它们叫作珍珠？

唉，竭尽全力，

顶着正午的滚滚尘埃，

奔向上帝，

生怕迟到，

哭泣着，

亲吻上帝瘦骨嶙峋的手，

祈求——

必须要有一颗星星！

赌咒——

不能忍受星星缺席的痛苦！

然后，

四处徘徊，

但佯装平静。
还对某人说：
“这下你可没事了？
不再害怕？
是吗？”
听着！
倘若星星
开始闪光——
就意味着——有人需要它们？
就意味着——它们必不可少，
每一个黄昏，
在屋顶之上，
哪怕有一颗星星闪亮？！

花花公子女上装

我要用我嗓音的天鹅绒
为自己缝制一条黑色的裤子。
用三尺夕阳做成黄色的女上装。
迈着花花公子唐璜的步子，
在涅瓦大街繁华的地带闲逛。

让平静而萎靡的大地去大喊大叫！
“你将会强暴绿茸茸的春天！”
我裂开嘴巴，对着太阳放肆大笑：

“在平坦的沥青路上我神清气爽！”

难道不就是因为天空一片蔚蓝，
而大地又恰是我的情人；在纯净的节日，
我呈献给你快乐的诗行，犹如指尖的木偶，
它们尖利、必需，犹如饭后的牙签！

迷恋我肉体的女人，还有姑娘你，
你注视着我，将我看作你的兄弟，
抛给诗人我一个又一个嫣然的微笑，
我把笑容当作鲜花缀上花花公子女上装。

而毕竟

街道塌陷，如同梅毒患者的鼻梁。
河流——情欲泛滥，馋涎四溢。
花园脱光衣裙，甩落最后一片树叶，
不知羞耻，懒懒地摊开在六月里。

我走到广场上，
把烤焦的街区
扛在脑袋上，恰似火红的假发。
人们感到恐怖——从我的口中冒出
未经咀嚼的呐喊，它还蹬动着脚丫。

但人们不会责怪我，不会谩骂我，
我被当作先知，鲜花铺满我的脚印。
所有鼻梁塌陷的人全都知道：
我——是他们的诗人。

我担心你们可怖的审判，就像害怕小酒馆！
妓女们把我看成圣人，高高抬起我，
穿过一排排燃烧着的楼房，
呈献给上帝，以证明自己的无辜。

上帝被我的小书感动得放声痛哭！
这哪还是词句，它们分明是一团痉挛；
上帝挟着我的诗句到处奔波，
喘着粗气，向自己的熟人朗诵它们。

奥卡河畔的琐事

我们在河畔漫步，
走向芦苇深处。
我温柔地倾诉：
“你听，奥卡河畔芦苇簌簌作响，
仿佛遍布着一群群老鼠。
瞧那天空，星星戴着亮闪闪的耳环，
和你一样美，——简直不是星星，是姑娘……
而在远方，在星点的尽头，

一轮新月绽开笑靥，
恰似悬挂着阿维尔琴柯的
一行诗句……
你咬不准卷舌音的话语真美妙。
只可惜意大利……”
她说：“嗨，你干吗老挤我，
一会儿是腰，一会儿是肘，
在这芦苇边，
你叫我怎么走。”

诗人—劳动者

人们大声呵斥诗人：
“你到车床旁边试试看。
诗歌算什么？
一大堆空话！
说到劳动——就一筹莫展。”
或许，
劳动
对于我们
比所有事情更贴心。
我也是一座工厂。
如果说没有烟囱，
那只说明，
没有烟囱，

我的工作更困难。
我知道——
你们不喜欢夸夸其谈。
你们砍伐橡树——为了工作。
而我们
难道不是在为木材进行加工？
我们用橡树塑造人的头颅。
当然，
捕鱼是受人尊敬的事情。
拽起了渔网，
每一网都有鲟鱼！
但是，诗人的劳动——更应得到尊重——
我们捕捞的不是鱼，而是活人。
这是巨大的劳动——经受熔炉的烘烤，
将呲呲响的铁块送去淬火。
谁居然敢发难，
指责我们游手好闲？
我们在用语言的钢锉打磨人的大脑。
谁更高贵？——诗人
还是技师？
技师
带着人们谋求物质的福利。
两者都高贵。
他们的心——都是马达。
灵魂——也同样是灵敏的发动机。
我们是同样的人。
劳动大众里的同志。

肉体和精神的无产阶级。
只有我们步调一致工作，
才能让世界变得更美，
让进行曲响彻宇宙。
我们要筑起语言的堤坝抵挡暴风雨。
干起来吧！
这工作新鲜而充满生机。
让那些空谈的演说家——
进磨坊去吧！
做一个磨坊工吧！
用空话的水分转动磨盘。

月夜

月亮将升起，
露出少许
淡淡的银光。
顷刻，满月儿在空中漂浮。
或许，这是上帝
用一把
美妙的银勺
抠挖着星星的耳朵。

汪剑钊 译

poetics

诗学

民主与诗歌

弗朗西斯·巴顿·顾默耳 撰文

王东东 译

> 通过和平的但是英雄主义的方式，为了主要的人道主义目标，并主要通过议会的手段，人们为了实现想象的共同体，年复一年奋斗不息。从这个角度上可以说，科学和艺术也都获得了民主化。现今在不少方面，不管是出于庆贺还是哀悼，据说这种努力都失败了。它并没有失败。它受到了考验；但是不应该有被击败之类的说辞。

由民主理念（democratic ideals）刺激而起的长期运动，是近期历史最为引人注目的相位。而我们现代生活的最显著特征，至少在思想层面，则是对这种运动的反动和对这些观念的不信任倾向。运动和反动一起都构成了经常出现的主题，对于随笔作家、历史学家、社会和政治观察家、文学甚至艺术的研究者都是如此；但就基本的事实而论，所有这些作家又全都保持一致。两个世纪以来，虽然会由于偶然的命运和更为狭隘的态度潮流，这个世界的思想家和梦想家们仿佛分道扬镳，但他们在很大程度上都是在民主这一共同基础上思考和梦想。以公正的眼光来看，虽然在队伍中有讥嘲和争吵，但他们都齐步赶了上来；而这正是民主的美德。他们不是绝对的乐观主义者也非全然的悲观主义者；在他们的旗帜上写着："一切最坏的世界中最好的世界"（All for the best in the worst of worlds）；而那正是民主的格言警句。他们欢欣鼓舞地宣称新观念，现今这些观念业已陈腐不堪，连博士论文也不会理会，但在他们的时代却不啻于哥伦布式的发现。最早是一位羞怯的文学批评领域的一位民主主义者初试啼声，企图打破民族文学的壁垒，而将缪斯的工作看作对世界公民的制作。这就是 1682 年前后德国的毛浩芬（Morhof）[1]。另一个民主主义者首先宣称，如果荷马点头打盹，则意味着我们将沉入空虚的睡眠当中，而被人们视为诗人的是整个希腊民族自己——不是他们，而是它自己——吟唱着它自己的行动。这个人是意大利人维科，约在 1700 年。[2] 同样是民主主义者，在稍后的岁月里掌握着历史，并不断地抛出民族这一观念——在革新的意义上。同样是哲学、伦理和宗教领域的民主主义者，赋予了"人道"一词以新鲜生命，一再为这个地球上的弃儿举起祈福的双手。如果一个人要求一个焦点，在这场新旧交锋中，没有比霍勒斯·沃波尔（Horace Walpole）能提供更好的关键场景了，他在一封信中讲述了他怎样在 1766 年听到韦斯利（Wesley）在巴斯（Bath）的布道。对于那个时代兴起的民主情感，这个伟大的人，他深知如何复活古老的公共情感以及社会组织中的宗教活力，正在报告上帝悦纳人类的千禧年，如何使无辜被掳的人得解放[3]，而监狱之门向应得的人开放。但是对于专制主义者的头脑来说，韦斯利"提高了他的声音，表现出非常丑陋的狂热"。实际上，"狂热"一词约五十年的历史昭示了民主的进步。不仅仅是讽刺作家，比如斯威夫特在《圣灵的机械作用》中就痛恨这种"盲信的潮流或狂热的气味"；所有严肃的、讲究平衡的人都斥

1 指 Morhof Daniel Georg（1639—1691），著有《德国语和德国诗》。译注。

2 维科的书出版于 1725 年；但是他的思想与起初相比并无多大变化。随便一提，饶有趣味的是，菲尔丁在《从阳世到阴间的旅行》第八章中询问荷马是否真的写下了那首诗的零星碎片并将之作为民谣在全希腊吟唱。原注。

3 "Preaching the acceptable year of the Lord"，"liberty to the captive"，两语均出自《路加福音》。译注。以下凡原注均有注明，未注明者均为译者译注。

之为一种邪恶。“我已下定决心”，休谟在 1738 年谈论他对论文的一些剪裁精简时说，“我已下定决心不做一个哲学上的狂热分子，当我在责备其他狂热分子的时候”；沙夫茨伯里曾建议将“好的幽默”作为“抗击狂热的最好举措”，——仿佛狂热是一种传染病。每一个民主主义者都是狂热分子，每一个年轻的诗人也是如此；但在这些日子里，虽然潮流在变化，但不管是诗和民主都处于低潮。狂热，对于宗教和文学领域合格的托利党来说，在那时也就等于盲信行为和夸夸其谈，是恶中之恶，但在几十年之后却成为了人性的标志和真正活着的人的特点。即使伏尔泰也是一个狂热分子，虽然人们不会将他和韦斯利并列在一起；而冷静庄严的保守派歌德无论怎样也应该被记住，他曾为他的老年绘画大师写下了理应铭刻在每一个学校大门前的话：“教育可以成就许多，但狂热可以成就一切。”——*Lehre thut viel, aber Aufmunterung thut Alles.*

随着学术和专业阶段的来临，正如人们所知，引起了政治上的民主运动的观念复活了，而再一次地，梦想和思想又不得不持续了好几代；因为相比于对民主的实践，对民主的信仰早就稳固了下来。而另一方面，正当民主的政治和社会实践获得成功，远远超过了二百年之前虔诚的建立者怀抱的希望，对民主的怀疑以及对民主行动的不信任却愈来愈盛。民主的物质胜利是巨大的，民主的信誉也无以复加；但是对民主的信仰，对民主力量借以认识到它自己的理念的信仰却逐渐衰弱，也许除了青年海涅是一个例外；而在以上情况下，就如每项人类事务的普遍进程一样，人们可以发现反动运动的领导者本来就诞生于那些光明之子中间。他们在过去习惯于生活在专制之下而以民主的方式思考；而现在公式翻转了过来。诗人们惯于对这种思想潮流的变化敏感异常，并且总是有一种天赋使命去反对对权力的滥用，不管是西德尼美妙的说法，诗人们使得“帝王恐惧于成为暴君”，还是现在他们大声抗议大众的暴政。这并不是说对诗的运用仅仅在政治领域多么有效，像德莱顿的讽刺作品，抑或反雅各宾的诗，而是说，诗歌的声音发自它的至高位置，并被视为神谕。在这一特殊状况下，我们发现诗人发出最早的反动的声音，恰好临近大恐怖的日子，我们同样可以发现他们开始并领导了那抗议的合唱，持续不断地高声回响在今日。“朋友热切的恳求”，而非他自己的意见，让洛威尔[1]抹去了他一首重要的诗中的一行，这行诗将美国形容为“誓约破碎的国土”；而他关于1876年世界博览会的讽刺诗，发表在《国家》，向奈斯特[2]邀约一张愤愤不平的卡通画，而后者又被“朋友热切的恳求”所阻止。爱默生也是如此，他的看法总是充满希望和平静澄澈，以华丽而又大胆的文辞形容民主：“上帝说，‘我厌倦了帝王’”，但还是在一个单独的隽语中放入了对这个共和国和她的原则曾有过的最为苦涩的诋毁。同样的评价也来自大洋彼岸。勒南[3]不仅背弃了正教传统，对待民主信仰也更加粗暴。每个人都知道，丁尼生掩盖了他自己对世界联合的早期狂热，第二版的《洛克斯利大厅》（*Locksley Hall*）公开放弃了早期版本中的离经叛道；但是不足为奇的是，他还有更多东西要悔悟。“要感到骄傲，”在青年时他曾对英格兰吟唱，赞颂美国革命的爱国主义者：

> 要感到骄傲，对你强壮的儿子
> 使他们的权利从你的手中挣脱。

而那“年老的白发梦想家”则告诫英国一点也不要骄傲或志得意满，当她屈服于“犁铧的选举权”，并观看“民众……走向命运的终点”。甚至在《莫德》（*Maud*），他对商业主义的长篇控诉里，丁尼生对自己昔日的民主伙伴也愤怒起来。他将约翰·布赖特（John Bright）称为“一个叫卖圣物的臃肿小贩”，并嘲笑变革，嘲笑和平的梦想，厉声呼唤一个强人，一个领袖，而不管他的信仰如何。

---

1 指詹姆斯·洛威尔 James Russell Lowell（1819—1891），美国诗人，文艺批评家，外交家。

2 指 Thomas Nast（1840—1902），托马斯·奈斯特，美国政治漫画家。

3 指 Joseph Ernest Renan，约瑟夫·勒南，法国哲学家和作家。

这种反动保守的倾向，在一方面可以肯定地说，在每个时代都非常普遍，对于个人来说则是四十岁以讽刺的眼光看待二十岁，仅仅是红色血液的考验。正如那个神秘的谚语所说，谁如果在四十岁时还不是一个厌世者，谁就从来没有爱过人类。但是这种倾向的另一方面也即好的方面，必须被指控为对整个民主运动的不信任，并应被落实为时代的一个主要特征。出自民主诗人之手的翻案诗和反民主的诗歌可以构成一卷伟大的韵文；而其中最伟大的一首，不管在质量上还是体量上，都属于一个世纪之前反动保守的潮流。可能是我们语言中最好的一首颂歌出自这一标题之下。以“弃绝”（Recantation）为题，柯勒律治在 1798 年 4 月 16 日的伦敦邮报上发表了现在被认为是“法兰西颂”的作品，在任一层面它都是一首最高的幻灭之诗，伴以腥风血浪的悲惨的音乐，高贵地远离了充斥那个时代的反雅各宾的党派诗的喧嚣，也不同于很晚时候卡莱尔的散文《狩猎在尼亚加拉》中的狂热情绪的苦涩、辱骂和徒劳无益。一个人甚至可以在阅读它时感到不适，仿佛它是一封私信，或日记中泪水濡湿的一页；它让人想起斯图亚特·穆勒对诗歌的稀奇古怪的定义：“一种被偷听到的独白或自言自语（soliloquy over-heard）”。实际上，与伯克的案例不同，柯勒律治所扮演的公开放弃信仰角色的改宗意味并没有那么强，运动潮流曾经为自由而欢呼而现今则大声宣告社会的无序。更少个人性，更多代表性也更为直接的是歌德和华兹华斯的弃绝。虽然一个人会自信地将二人并列在一起，恐怕他们都会激烈地反对这样做；两个人在年轻时都倾向于革命，但两个人都反悔弃绝了，部分地在那些高贵的韵律中，——歌德的《伊菲吉妮娅》（Iphigenie），华兹华斯的《拉俄达弥亚》（Laodamia）——部分地在少有人读的篇章中，一方是《阿喀琉斯》（Achilleis），另一方则是《序曲》，后者不仅体量惊人，而且带着自我主义的托利党教条，——当然，并非是那些华丽辞藻，而是残酷无情的抑扬格废弃格式，让人想起伏尔泰对艾萨克·牛顿爵士论《以赛亚书》的评语：“为了他的天才而对世界的安慰”。两个诗人最显著的地方在于从人民之诗向象牙塔和古典主义的回归；最终接受古典主义标准意味着拒绝进步，而进步是民主的关键词。歌德疏离了政治而赞美拿破仑，华兹华斯却看不起拿破仑，写作政治小册子，并可以将预算案或选票写成十四行诗。卢梭的民主对狂飙突进时期的特定阶段起到了主要影响，这是真实的；但是在这类事情上卢梭自己也追随着英国人，而歌德在 1829 年明确写道，斯特恩（Sterne），还有戈德史密斯（Goldsmith），在他发展的重要时刻起过最大的作用。更多是人道主义情感，而非自由和人权的教条打动着这个年轻诗人的心。而主要的差别在于，华兹华斯先是异常猛烈地介入民主运动而后又急遽地疏远，魏玛的圣人则以某种方式将他的民主信条坚持到了最后；有名的戈茨，更有名的维特，不太有名的民歌和大众研究，所有早期阶段的作品，都确确实实没有浮士德的概念更为重要，后者以一种广阔的、未事先设定的方式包含了民主的精髓。在诗的结尾，正如歌德自己所说，他返回到了自己年轻时的观念，“在自由的土地上屹立着自由的人民”Auf freiem Grund mit freiem Volke stehen 是最终的期望；整部《浮士德》宣扬着进步、自由和前进的运动；而这，正如我们一再观察到的，是民主的先决条件。同样值得记忆的是与艾克曼的一段对话。“当我十八岁时，”老诗人说，“德国也十八岁，——而还有一些事情可为。”——da liess sich noch etwas machen. 实际情况是，时代和人总是一起年轻有为，但是也有例外，如缪塞就反对那诞生他那一代的命运，在长期的耗损性战争和受到压制的民族活力之下。年轻人的反动保守之诗是一个自相矛盾的说法，对缪塞来说它仅仅是在主潮之中制造了一个漩涡。

紧随大恐怖而来的早期短暂的反动力量很快就耗尽了。虽然仍可以看到一个人将全部文学人生献给反动保守的散文和诗，比如皮科克[1]的坚定的讽刺，充斥在光彩夺目的小说和声名远扬的散文，甚至他的诗歌里；但是这些同样是让主要潮流渐渐缓和的漩涡。而早期公开认错的诗人也在勃朗宁的《失去的领袖》中得到报偿，同样是以他们自己珍贵的诗币；而在中间，几近一个世纪，从《法兰西颂》到第二版的《洛克斯利大厅》，民主就如狂风暴

1 指 Thomas Love Peacock（1785—1866），英国讽刺小说家、诗人。

雨席卷了全世界，与之一同升起的不仅是社会和政治革新，实际上还包括全部科学和艺术。穆勒的小书《代议制政府》标志着这场潮流的高潮，它著名的第七章提供了一个自信的药方，去疗救作者予以承认的那些民主的病症。接着，出现了更为严重的反动保守；而理论性的民主只能被认为明显处于守势。[1] 即使是莫利勋爵，可以轻松击退特定的进攻，但对他选定的事业的未来的描绘也无比清醒，如果不是阴暗凄惨的话。布莱斯先生 [2] 对这片土地的未来抱有希望；但是不止一次，他提醒读者去注意形形色色的事实，他的希望就建基于此，——与其说是我们的民主还不如说是我们人类快乐的繁育。我们也应该看到在民主的更广范围内，布莱斯先生的态度都绝非充满希望。

现今，那些诗人公开放弃的是什么？那些和丁尼生一起从 1830 年的革命和稍后的改革法案所激起的进步之梦中醒来的诗人，那些和华兹华斯和柯勒律治一起从更早也更为伟大的革命所激起的更狂野的梦中醒来的诗人，那些和歌德一起从还没有转变为任何革命的梦魇的自由和平等之梦中醒来的诗人，——他们在悔过什么？民主的现代攻击者大声挞伐的是什么？而民主的捍卫者想要辩解或防卫的又是什么？诗人的信仰从来没有被弃之不顾，也从来不是学院化的理论。华兹华斯曾经做好了准备去参加法国的革命军。丁尼生则参与过远赴西班牙的危险使命。是什么压在他们的心上如此沉重，以至于造成了目标的转变和希望的挫败？有一幅广为人知的漫画，描述了诺福克公爵（Duke of Norfolk）著名的祝酒词："为我们主权的健康干杯……为了人民陛下！"华兹华斯在悲惨的 1793 年应该也会发出这个祝福。十年后他则在祈祷英格兰可以从过分自由的政府而非革命和杀戮中解脱，——从

1 L.T. 霍布豪斯的《民主与反动》(1905) 是最好的辩护性著作。莫利勋爵（Lord Morley）对它的评论可见于《文学杂集》第四卷。反对民主的直接陈述可见于芒斯特伯格（Münsterberg）的《美国品质》第五章，而布赖斯先生新版的《美利坚共和国》(American Commonwealth) 对民主的态度则十足乐观。原注。

2 詹姆斯·布莱斯 James Bryce (1838－1922 年)，英国历史学家、政治学家、外交家，著有《神圣罗马帝国史》《美利坚共和国》《现代民主政体》等。译注。

……唯利是图的一伙
要去评判他们所害怕的危险
还有荣誉，他们所不理解的。

他看到了民主当权，并发现它不仅并非万能而且犯下罪恶。他公开放弃了人民主权的教条；放弃了对自由的希望，以及对自由救赎人类之力量的信仰。这同时也是丁尼生公开放弃信仰的态度。简言之，个人自由和人民主权会被大多数民主的攻击者和卫护者认为是形塑构成了民主运动的核心观念。哲学家当然会以不同的方式表述。霍布豪斯先生说："现代民主运动的基础观念是伦理标准在政治关系中的应用。"[1] 他给出了一个清单，打个比方说，宣称了民主政府主张"个人自由，法律的至高无上，相对于专制统治、国家权力以及对种族和阶级平等的种种侵犯之过错"；[2] 但他的整部书却是一部有说服力的悲哀的综述，提供了一系列证据，表明典型的现代人，行动的人，除了个人自由这一项外对其它漠不关心。这些行动的现代人甚至并不打算理解它们。霍布豪斯先生接受的民主是个人的自由，并非为了每一个人，而是为了强大的民族；而他拒绝的民主则是字面意义上的人民主权。他知道这项事业注定要失败；而他要么忽略要么忘记了最为核心的民主观念，虽然有莫利勋爵的警告，我也要冒险提出，是一个想象出来的共同体的积极而至高无上的功能（active and supreme function of the imagined community）。

到这里，我们可以离开陈词滥调的公路，如果不是为了新鲜的林中道路，至少也可以摆脱辩论和编辑的交通信息引起的那难以忍受的尘埃。拒不信任民主的老生常谈认为，对自由的长期追求达到了目标，但却跨过界为权力的滥用打开通道，而对人民主权的长期斗争也成功了，但同样，人民变成了没

1 霍布豪斯上引书，第 138、166 页。原注。

2 参看莫利勋爵（Lord Morley）列举的多样而丰富的尝试，为了获得核心的民主观念，《文学杂集》，第四卷，第 172 页。原注。

有自我控制的暴民而倾向于政治领袖或煽动家的暴政。这是从阿里斯托芬到丁尼生的反动讽刺的主题。而另一方面，想象的共同体的至高任务却从未被嘲笑或反悔，因为它从未成为行动中的民主对象或口号。可以肯定地说，它曾经是联邦党人的准则。它曾经奏响了我们的国歌。在最好的民主文学里，在学术讨论中，它也是言外之意。在霍布豪斯先生那里，它以法律至上的术语而表达出来。它被赞美，是那种最强方式的赞美，——为它的缺席而遗憾不已，——在政府报告里，虽然它在立法者和市民那里获得的注意太少，寥寥可数。民主没有能力让共同体居于个人之上，换言之，它在实行自己法律方面的失败，在最近的一条总统咨文里被哀痛地指出。塔夫脱总统说，对谋杀的审判只应该判断被控者有罪或无辜，——也就是说，只能以共同体的利益来审判；但是现今的审判，虽在这一问题上无比清楚，却差不多变成了被谋杀者的朋友和谋杀者的朋友之间的“竞赛娱乐”，正如愤世嫉俗者所说的那样，以钱包的厚度定输赢。而共同体，共同体的所有利益，却常常于此消失不见，当然也会消失在其他事情中，诸如遗嘱的解除，离婚的达成，以及对交通伤害的赔偿的裁决，它们对于所有人都成了“竞赛娱乐”，在这个说法中那令人敬畏的共同体烟消云散了，并且因为全部的实用目的而变成了幻梦的阴影。当然，这个核心的民主观念仍然是仪式的一部分；但是它无法拨动市民的心弦，也无法在平凡的日子得到传播并深入人心。每一个人都负有责任使共同体有效率地运转，为它清除路障，支持它并永远臣服于它，并在他自己的生命里使它生气勃勃，然而，这不过是一种颂词罢了，当共同体的名字在人民大会的集会上被提起。这是一种断断续续的间歇性心情，可以在利他主义者的脸上看到这种欢乐的潮晕隐现，当他想到了其他人应该去做的事。对于政治上高尚的道德意识来说这是一个情感出口；而作为一个缺口它表现得可谓完美。我们高兴称之为成功并现实可行的民主，那占据首要位置的观念是其他信条。它不是义务，而是特权；不是服务，而是自由；正如一个人会说的那样，它是人的权利。简言之，民主作为今天的实际事务具有两个准则，而在每一个原则里与之相对的另一个原则都必须被考虑和呈现出来。个人自由应该是个人服务。真正人民的主权对想象的共同体来说应该是至高无上的积极力量。第二个推论是一个艰难的命题；而第一个却不需要辩护或讨论，尤其是在诗歌领域；而二者合在一起就可以构成对避免反对民主的充足理由。因为这种反对并不是指向民主观念而是指向了人们误以为是的民主观念。为何一个如此巨大的错误盛行不衰？可以说，民主的整个失败，不仅在治国之道上，而同样在哲学、科学、艺术领域，除了人为失误的无所不在，主要应该归咎于卢梭的影响。

一个巨大的采石场铺展在卢梭脚下，充满了挖掘出的石头。这位世界文学的创立者，同样在他的门槛上留下了世界文学沾染的所有罪愆。站在新起点上，硕果累累，正如他之前的笛福一样，他被判有罪，正如笛福，但对他的指控更为致命，包含一系列背叛、谎言和卑劣的无法原谅的过错。然而对他的赞誉之词[1]也可以组成一本皇皇巨著，并可以为一些坚实的事实所支撑。对卢梭的污蔑中伤与他的所作所为之联系，根本无法与他的众多追随者从卢梭行事中看到的事物相比，他们着手宣扬了一种主义并建立了一个宗教，从卢梭破坏偶像的后果中，从他为了个人的自由和未加阐明的人民主权概念中。建设性的民主思想起源于英国，而在法国通过孟德斯鸠获得它最为清晰的表达，也即找到了它最为核心的观念，想象的共同体的至高功能，理想的社会秩序，并暗示这一观念应该被应用于四海之内，在对宇宙的研究，对历史的认知，在艺术理论之中，当然，同时也在政治实践当中。但是这时卢梭来了，带来一场狂风暴雨。民主运动被带到了质疑的前台，但不是针对它的建设性理念的价值，而是针对它的破坏工作的结果和它的奢华诺言的失败。对民主的反动，本来乃是出于对后者的纠正，现在却被认为是对整个民主运动大部分建设工作的指责。我认为，有充足的理由可以反对这种批发式的裁断；另

1　对文学叙述来说，尤其对法国文学的革新以及卢梭对世界主义的贡献，可参见戴克斯特（Texte）的《卢梭与文学世界主义的起源》（J.J. Rousseau et les Origines du Cosmopolitisme Littéraire），巴黎，1895 年，第 330 页以下以及结尾："如果是这样（法国需要不时地让来自德国的影响开花结果），那么没有人比让·雅克·卢梭让高卢民族的优点表现得更明显。"原注。

一方面也应该承认，卢梭关于个人自由和人民主权的观念在政治上是可疑的，而在科学和艺术领域更是备受谴责，可以清楚地看到，核心的建设性的民主观念在政治上从未能得以完美地尝试，而在更广大的领域更是由于微弱的滥用的理由遭到抵制。让我们稍微细致一些来看这一问题。

对个人自由崇信达到了一种危险的极端状态。诗人惠蒂尔（Whittier）认为，如果一个人被释放获得自由就会成为好人，而一个好人也总是会成为一个好公民，这就跟卢梭曾经幻想的一样。无可否认，真理让人们自由；但是自由是否可以让人们真诚呢？这一问题若是和全部自由人中最典型的流浪者联系起来会不无裨益，他们的理想生活在很多方面都符合卢梭渴求的理想状态。全部爆发的关于自由的文学都将服务的高尚事业降级为奴隶所做之事，并通过它的步骤，最终使之沦为虚无；它最主要的英雄，圣普瑞（St. Preux）[1]，一个伤感的自命不凡者，维特（Werther），一个多情善感的痴狂者，卡尔·穆尔（Carl Moor），一个感伤的强盗，更是对服务或义务一无所知。卢梭理想中的民主在瓦莱（Valais）山民的生活中得到过描述[2]，圣普瑞告诉朱莉（Julie）说，——作为简单而安静的人们，“欢乐是由于缺少痛苦而非品尝快感。”锡利群岛（Scilly Islands）的居民，用郎先生（Mr.Lang）的话说，以相互替他人洗衣来维持群体生活，而瑞士人的情况要好一点；在天堂一个人不需要付账也不需要上诉，——一个对书呆子的理想的折衷。圣普瑞解释说，他们知道一旦他们有钱他们会变得赤贫；就如同一旦拥有法律、规矩和责任，他们就会成为奴隶。虽然这整个描述荒谬不堪，但他就是卢梭那

1　圣普瑞是卢梭《新爱洛漪丝》中的人物，他与朱莉相恋而无果，是后者的音乐教师。译注。

2 《新爱洛漪丝》，全集，巴黎，1793 年，第一卷，第 149 页。戴克斯特指出《新爱洛漪丝》依赖《克拉丽莎》（*Clarissa Harlowe*）的程度一如《少年维特的烦恼》依赖《爱洛漪丝》，但是卢梭关于激情的观念也可以在蒲柏那里找到，与斯特恩（Sterne）一起表现出来的伤感倾向，则可以在北方民族的个人主义那里找到源头，——最好地表现在《克拉丽莎》中，——年轻和衰老的忧郁，“悲伤的过去”（tristesse du passé），则可以在奥西安（Ossian）那里找到，等等。见戴克斯特，《卢梭与文学世界主义的起源》，第 254 页，第 139 页，第 337 页以下，第 355 页。但是它们在卢梭这里的“起源”就不那么名副其实。无论是《论人》（*Essay on Man*）还是《克拉丽莎》都不能单独改变欧洲正起作用的观念。人们听到了那音乐；并逐渐向卢梭的声调前进。原注。

永恒不变的腔调，当他尝试在他的民主观念里变得具有建设性。那个出现于《爱洛漪丝》第二部分的快乐家庭的所有成员都是好的，仅仅因为他们是自由的。再者，法律和政府，在公共领域里实在都不再需要；因为瓦莱人民，一如圣普瑞所指出的，可以既没有权威同时也没有服从地过完一生。“孩子们一到理性的年龄”，这份报告说，“就可以和他们的父母处于平等的位置；仆人和主人一起坐在桌子上；自由在屋子里占主导地位，一如在共和国那样，而这个家庭就是政府的形象。”法律，不管是精神上还是现实上，实在不是卢梭关心之事；而且他在演讲里异常严肃地抛出了一个陈旧的笑话：当西班牙人在美洲殖民时，一种正直精神的最后闪光，一种人性的残余（un reste de l'humanité），推动他们阻止了法律对所有人的殖民。卢梭，简而言之，让政府分崩离析，并试图让碎片成为整体，用同情（sympathy）而非法律作为黏结的原则；如果卢梭是一个美国人，他会欢呼雀跃地第一个在《独立宣言》上签名，但会成为《美国宪法》的最为顽固持久的敌人。即使《社会契约论》中的积极性章节也徒劳无用。他反对社会邪恶的充满激情的抗辩最终占了上风，而他对社会之善的计划只能是一个怪物；因为不管在政治上还是在生活上他都是一个典型的流浪汉，而他革新过的政府不过是被硬扯到政治领域的流浪汉天堂。个人自由而没有任何个人服务的观念，人民主权而没有对理想的至高社会秩序、宪法、法律的普遍服从，——这即是卢梭的方式。

而对于孟德斯鸠则不一样，个人自由是“对平等人之法律的服从”，是“做我们理应意欲去做之事”，是“去做法律允许之事的权利”；而人民主权，按照孟德斯鸠的思考，只在个人将他们的力量服务于想象的或理想化了的共同体的理想政府时才值得拥有，而卢梭甚至无法理解这一点。孟德斯鸠，虽然有他的英国“来源”，但仍然是现代民主的建立者，打破了所有的政府形式才触及这一主题，而这一主题，用应用于其他民主理念术语的一个隽语来说，他在法的精神中找到了。使法意占据首要位置，而一个国家的实际统治方式可能是君主制、共和国或社会主义，而对它的成功没有偏见，这一观念的虔诚的创立者并非将它仅仅作为一个趋于完美的建议。政府的“自然秩序”

将会在所有时空中的实际法律的比较中辨认出来；它将会被世界上的至高无上的法庭的决定考验，这一至高法庭按照席勒的说法就是人类历史。将民主建立在自由之上不过是起锚；法的精神所起的作用应该是罗盘，历史是海图，而个体市民对共同体心甘情愿的服务才会保证安全航行，谨慎和勇气合一，并不被机运打败，这航行在世界上将无远弗届。这就是核心的民主观念；从受到自我限制的自由这一观念来说，它是一种新的人文主义，因为真正的民主主义者完全就是人文主义者。由对想象的共同体，对理想的社会秩序的充满激情的奉献，它触及了过去时代的伟大幻象和体系。同样的事物可以在圣奥古斯丁的梦想中看到。但丁的幻象也是对神圣正义的幻象，而每一个凡人短暂的灵魂都会在未来遭遇；意义重大的是，我们也可以发见华兹华斯和柯勒律治真正的民主观念，当 1798 年，他们计划写关于正义或报复的一首诗，而结果只有名为《该隐的漫游》的散文片段，以及一篇精美的诗，都出自柯勒律治笔下，记录在案。而安逸舒适的现代人，选择了维克多·雨果的小说刻画过的正义观念，善良的主教通过为被偷的物品付出复利而感化了一个小偷，——这样的现代人，接受了卢梭式的感伤情绪而称之为人性，——看到了在法律铁面无私的运转和人类感动星辰的爱之间的不一致。而居于核心位置的民主观念却宣告二者的和谐统一。

孟德斯鸠教义和卢梭教义的对立，可以用《波斯人信札》中的说法表明——这本书出版的 1721 年可以说是 18 世纪的开端，——如果我们首先注意到卢梭所说的全部或暗示的一切，那么就可以说，孟德斯鸠头脑中的民主是每个人都可以说“我的国家”（My Country），而卢梭心目中的民主则是指每个人都可以说“我自己”（My Self）。二者中的哪一个才是民主？这是在处理危险之事；但是这一任务无法被回避，对这一问题的答案意味着一切，不仅对政治事务如此，同时也对诗的艺术的过去、现在和未来，后者不仅需要提供事实还要用正确的思考去照亮。难道现代人不是比他的祖先更少说“我的国家”而更多说“我自己”，不管是在字面上还是在比喻意义上？我们都生活在一种对普遍之物（commonplace）的不合理的惧怕中，生活在对民主远景的并不神圣的恐惧中，这是事实呢，还是仅仅只是幻想？对民主的现代反动注定将离题万里。过去，荣誉属于那些能够提出一种被普遍接受的思想的人，——也就是说，使普遍的道理能够流行起来，——抑或提出一个伟大的格言。而现在，桂冠属于那些能够提出一个伟大的悖论（paradox）的人。但是提出一个悖论也就是提出一个毁灭。试发出“我的国家”诸如此类的情绪，在聪明人的客厅，试让它进入出版，在一本书里，在舞台上；留意下发出“我自己”诸如此类的情绪的人将如何行事，当轮到了他们出场，——他的名字可以是萧伯纳（Shaw）或切斯特顿（Chesterton），也可以是一个无名者在报纸的连环图画版上嘲讽教士和春天的诗人。在一本非凡的异常聪明的书，《众生之路》[1]中，这本书由于萧伯纳先生对不景气出版的一贯嘲笑以及对这本书的独独忽略而流行，一些最聪明的工作和最重的加分是通过对埃斯库罗斯、索福克拉斯以及欧里庇得斯的攻击而获得的，正如它对弥尔顿的攻击不仅严重被高估而是近于毫无价值的词语贩卖，巴特勒说，弥尔顿的《伊甸园的丧失》可以被毫不疼痛地舍弃，以及对莎士比亚的攻击。如果一个人要追问那精致的理由，除了对奇谈怪论的爱好，答案就只有一次雄辩的耸肩和对“普遍”（commonplace）的嘟嘟囔囔的抱怨。对被批评大业视为经典之作的隐蔽攻击可以一笑置之；可是每一个单独的间谍后面都有一个大部队，不仅在会客室和标新立异的舞台上，而且在教室、评论和出版界形成了大规模的入侵。现在这种对平凡普遍之物的战争，对经典作品的去神秘化，甚至可以在民主自身的发展和进步话语里得到辩护，只是这种所谓的进步不过是自我神圣化而已，是一种信口雌黄（hoc volo），后者标志了卢梭对一切的颠倒和错误的民主观念。民主是进步，但是它始终保持步伐，——合着那已经检验过的传统的思想乐曲。萧伯纳先生的辩护者会说他的天才是健全头脑和力量的天才，而他终有一天会跻身于歌德的行列，而他对莎士比亚的诋毁不过意味着每一时代都有属于自己时代的文学。但是萧先生并没有透露出进步的信息；

1 塞缪尔·巴特勒（Samuel Butler）所著的长篇小说。

他只是简单地告诉我们要打破常规，——不要说已经被说过的话，但是也不要信仰以前被信仰的东西。19 世纪的读者是一个易于催眠的主体，预先沉湎于经典诗歌的节奏韵律和主题思想之中；他将伟大的章节狂热地形容为“好”（good）或“真”（true），在至交好友之间也乐于引用他喜爱的诗文。“正如弥尔顿所说”，或“丁尼生曾言”，一度绝非瓦解社会的信号。但这不是 20 世纪的方式；当普遍之物被禁止，我们可以看到接下来将会发生什么。因为普遍之物，正如它的名字所示，是诗歌传统萦绕不休的主要场所；它表达了社会感受和公共情感的同感。它吸收了无数读者的欣赏之情，并以一种恳求的清新力量将它再次给出：英文版本的《圣经》，还有莎士比亚，都浸润于这种公共移情的伟大流溢之中，长达三百年之久。并非你在阅读《马尔菲公爵夫人》，而是查尔斯·兰姆在你头上高声朗诵。有一种力量从经典作品中奔涌而出，就如我们所说的那样，不管是作者个体的天才还是作者个体的判断力都无法解释这一点。这个过程简直是难以想象的；它背后肯定有更高的逻辑，而令仅仅是模仿、暗示、联想一类的解释难以企及。持续不断的同感的波浪从我们奔向天才的作品，又从天才的作品奔向我们自己，通过那我们以高亢的心情所说的时间的遴选。有关伟大诗歌的伟大篇章的清单，同时也应该是关于普遍之物的清单；因为诗人表达了公共情感，坚持传统，张口说出他看到的事物，既不需要杜撰发明也不需要改变颠倒；因为，他会说，——

> 但是假如我对于真理是一个胆小的
> 朋友，我恐怕要在那些人中
> 失去了生命，他们称这个时候为古代。[1]

1　但丁，《天堂篇》，第十七节，118 f. 以上为原注。此处朱维基先生译为：“假使我成为真理的瞻前顾后的友人，/ 我担心我的生命，我的名字，将不会 / 垂之于那要把我们称为古人的后世。”

正如在罗斯丹（Rostand）[1] 的戏剧中那个勇敢的大鼻子，他记录下日常生活中被期望的具有超越性的事实。即使那种华丽堂皇的风格也来自于普遍之物。而怪异的修辞，在另一方面，如果不是出于一个真正伟大的人格之手，如多恩（Donne），那就必定只是为了掩藏二三流的诗艺，就像故事中的怪异往往是为了掩藏已经枯竭的创造力。莎士比亚，与创造力的枯竭毫无关系，在他野心勃勃的社会戏剧《爱的徒劳》中也尝试了怪异修辞，大幅度地模仿了当时为他所嘲笑的时代的浅薄"幻想"；但是后来他就放弃了，而回到了普遍的交谈和鲜明的人物性格之中，——困惑于存在还是死亡的哈姆莱特，体现了怜悯精神的鲍西娅，深谙事物总体上的变化无常和徒劳无益的普洛斯彼罗和麦克白。一个由莎士比亚人物谈论的话题组成的有条理的清单决不会让人惊诧。

哦，绅士们，生命苦短！
但如果下贱地活着，短暂的人生
也会变得漫长，哪怕它只是
要在表盘上转一个小时。

英语诗中还有比霍茨波（Hotspur）的言语[2] 更为高贵的片断，抑或另一个经久不息的对普遍事物（commonplace）的重复吗？我们全部的抒情诗也可以压缩为这样一种传统模式，即以自然的术语来表达人，抑或以人的术语来表达自然。即使约翰·多恩在感情上也归宗于普遍，如果他并不以韵律或话语思考的话。

怪异终究会让我们厌倦，当我们知道它颠倒普遍之物并以乘法增长的

1　应指埃德蒙·罗斯丹（Edmond Rostand，1868—1918），法国诗人、戏剧家，《大鼻子情圣》是他的代表作。
2 《亨利四世》上篇第5幕第2场，上引诗行孙法理先生的译文为："先生们，人生苦短，这短促的一生若是碌碌无为地度过，即使把生命附着在时针尖上，一个小时便走到尽头，也嫌太长。"这个片段还包括如下豪言壮语："我们活着就要把帝王踩在脚下，要死，也要死得轰轰烈烈，让王公贵族跟我们同归于尽！"

模式之后，它的命运就注定了；但是成功的作家常常会掩饰这一模式。而切斯特顿先生，在他最好的时候的确能让人精神焕发，如此倾向于发现那些消失的甚或被忽略的观点，经常被单纯反叛的机制所吸引，当他嘲笑被用作人类历史研究的辅助的人种学时，他说，如果你要知道人们在廷巴克图（Timbuctoo）戴红羽毛，你应该首先弄清为何人们在邦德大街（Bond Street）戴黑帽子。但是这只不过是对普遍性的颠倒，而普遍性这回是一条科学原理，所谓江山易改本性难移（the child is father of the man）；而一系列诸如此类的颠倒，已知的或期待中的，都最终通向了一种最坏的普遍性，一种贫瘠的事物，一种负面的普遍（the commonplace of the negative）。"全部恶劣的艺术"，正如M·法盖（M.Faguet）所说，"都是反社会的。"与只会消极反抗地将"我自己"分离出来相比，最好是做一个能够跟得上步子的民主主义者。

对民主情感的反叛是如此巨大，将人们从普遍驱向了悖论，而现在则使各种语言的文学充满了"我自己"。然而，那种让人们去说"我的国家"的仿佛消失了的力量现在如何呢？它与民主远景，与想象的共同体的关联如何？孟德斯鸠对他思想的活力具有一种信念，法的精神在他眼中不仅可感而且是活生生的事实，是一种力量，几乎是一种有机体。他称法律为政治机体的神经。他对共同体的生命力深信不疑。但是孟德斯鸠是一个法国人；而盎格鲁撒克逊人据说对信仰素无激情。有一个说法，大部分爱讲轶事的人都将它归之于格莱斯顿（Gladstone）[1]，后者说，普通英国人最仇恨两种东西，一种是罗马教皇，另一种是抽象理论。然而，可以怀疑的是，是否还有另一个世界像英格兰的土地一样浸满鲜血，而这份鲜血当初正是为了信念而流；而正是抽象推理一类的事物在新世界引发了两次伟大的战争。英国人和美国人为了理念进行了最为艰苦也最为持久的斗争。因而，事情看起来更像是，一个积极的至高共同体的观念可以被认为是生死攸关，如果它可以被单独建立并显

1 William Ewart Gladstone（1809—1898），英国政治家，于1868—1894年间四度任英国首相。

示出它的吸引力，——可以被看见，被想象，被热爱，被意欲，并且对每一个个体都是如此。

在发生内乱危机的时期，不管是年老一代还是年青一代都梦想着一个政府；而共和国也不仅由于想象而起死回生，更由于梦想而长存于世并生机勃勃。民主制度的最主要的危险，——这是一个著名的警告，——并非是被异国力量征服，而是它自己向暴民政治的堕落，向乌合之众的统治。[1]想象的共同体的永恒景象将这一危险排除在外，——这一景象，弥尔顿在《论出版自由》中有过出色描述；当“高贵而强有力的国家”走向了有异于雄辩家在梦中所亲睹的其他传统，谁又可以断定这种梦想对英格兰民主命运的影响呢？而这一理论的证据在修辞学中，在柏拉图主义的观念哲学中也难以找到；世界历史上最长久的两个系统，一个是宗教和社会的系统，另一个是法律和政治的系统，是被在本质上并不相同的民族所建立，除了他们对实际生活的感知，以及对公民生活的想象这种抽象视域的特殊力量。罗斯（Lowth）很早就指出了——在他的第十三篇演讲里——对于希伯来人来说，对他们的国家也就是他们的信仰和制度的实际个体表达型构（actual personal form）是多么生动有力；他们的先知、赞美诗作者和历史学家对理想共同体的破碎瓦解的持续描述，又是多么动人。即使今天，强烈的爱国精神也是这个四处分散的被放逐民族的秘密；在那些经常运用拟人法的古老诗篇背后，隐藏着一种思维习惯，通过想象的过程，建立了面对无数次时间冲击而屹立不倒的以色列宗教。这种类型诗的重复和坚持会让一个现代读者吃惊不已。可以随意引用一下——*先前满有人民的城，现在何竟独坐，先前在列国中为大的，现在竟如寡妇……他夜间痛哭、泪流满腮……在锡安的女儿身上，她的威荣全都失去……锡安举手，无人安慰。诗人可以听到她的声音。——你们一切过路*

1　萧先生在《结婚》序言中引用了伏尔泰的话：“普普通通先生（Mr. Everybody）比任何人都更加明智”，并清楚地表明，普普通通先生的智慧在于他选取比他更为智慧的人来制定法律和统治国家。孟德斯鸠很显然会真挚地认同这一推论。原注。

的人哪、这事你们不介意么　你们要观看、有像这临到我的痛苦没有？……我因这些事哭泣，我眼泪汪汪……[1] 即使“堡垒和城墙”也在哀泣。这并不是诗人孤僻的词语；而是一个民族的思维习惯，是个体观照共同体展现出来的亲密视野。即使那人群本身，当它吟诵赞美诗或高声祈祷，也将它自己视为并感受为一个单独的个人，而圣诗的“我”也应被经常读作是群体的自我；但是这一个事实的价值很少被认识到，而这样一种思维习惯的生产意义也常被视而不见。正是这种预见性力量，不仅哀悼，而且拯救了共和国，不仅保存，而且祈求着一个共和国的存在。正是这种强烈的视象最为打动清教徒，当他们将赞美诗和预言书的语言据为已有，而这已经距离在古老的英格兰建立共和国不远，并在最后将强健的活力注入到新英格兰的公共生活中，在整个国家最好的传统中被感同身受。

在希伯来和希腊之间存在着足够的差异；但是罗马人也将政治机体看成一种活生生的事物，他们感受到法律的活力，并赋予共同体以至高无上的地位。从一开始，罗马诗歌就在对国家的颂扬中找到了它主要的题材。罗马将祖国人格化了，让荣誉抬脚行走并让美德开口说话，而批评家却将之当作一种诗性上的衰弱无能。但是还有比这些战士 - 词汇（warrior-words）更为鲜血淋漓的吗？它们形成了阵营并随时准备战斗。西蒙兹[2] 让人震惊地比较了希腊和拉丁诗歌，诉说希腊诗歌如何以它的灵活柔韧和非凡美丽给他的青少年时期以欢乐，而认为它远远超过了罗马韵文的价值。但是当他变老，事物的表象和冷酷的现实相比不再那么重要，他修正了自己的判断；这种心灵转变

1　以上均引自《耶利米哀歌》。译注。

2　指约翰 · 阿丁顿 · 西蒙兹（John Addington Symonds，1840—1893），英国作家。译注。

可以在他评论贺拉斯有关雷古卢斯的颂诗片段“他知道 Atquis sciebat……”[1]中看到，如此铜琶铁板的强劲丝弦（iron string）会让所有灵魂感动莫名；但是它却不仅仅是文辞之诗。它是罗马的信仰，是对理想的忠诚，对想象的共同体的信仰，这种虚构比事实更为真实。歌德对这些罗马传统中的信仰的巧妙的吁请应该被谨记在心。假定这些传统是一种发明，歌德说，“如果罗马人伟大到能够想象这些事物，我们也必须伟大到能够信仰它们的程度。”可以肯定，希腊也有很强烈地透出民主气息的诗；爱国精神和雅典在思想上可以绝妙地押韵；济慈无比正确，当他说希腊诗人给一个小民族留下了伟大的诗篇；但是最终，是拉丁语说出了有关帝国的民主言辞，那永恒的言辞。[2]

关键是希伯来和罗马懂得怎样梦想，懂得怎样看到共同体的远景。这一被梦想和它的成员的想象力所支持的民主，不同于现今流行的公共态度，后者直到被缩减为区分一个人和他的邻居的个人术语才未被禁止。本·琼生诅咒的“公众社会”，嫌它玷污了自己的剧本，哈兹利特在有关“为自己生活”的随笔中攻击的大众，现代心理学一直在研究的群众，在美国忽然而起又忽然而灭的能干政治家和战争英雄的炙手可热，只留下廉价智慧的落汤鸡似的颤抖的标志，这些都并非理想的共同体，也非社会秩序和正义会启用的语言，而是一种卢梭式激情的狂潮迭起，是民主的灾星和祸根。即使古老的清教的专制也比这更好，通过公共态度而形成了神权统治；但是还有更为精彩的方式。美国自由人民的任务就是持续而完整地见证他的理想共同体，并将它的

1　马尔库斯·阿蒂利乌斯·雷古卢斯（Marcus Atilius Regulus，—约前 248 年），古罗马名将。雷古卢斯在与迦太基的战争中被俘，但他被送回罗马以交换迦太基俘虏，但雷古卢斯说服元老院放弃交换协议，据说其中还有和平的协议，并坚持自己对敌人的诺言返回迦太基接受极致的折磨而死。雷古卢斯也因而成为罗马美德的极致代表。这一故事的说教成分大于事实。贺拉斯颂诗大意云：“他放弃了妻子的纯洁的嘴唇和年幼的孩子，就像一个不自由的人，他勇敢的脸庞严厉地朝向大地倾斜，他等待着，遵循一个任何凡人都无福消受的盟誓，直到让祖先的心灵变得强硬，从悲伤的朋友们中间走出去，一个英雄，走向了流亡，他知道在折磨者的手中有什么在等着他……”译注。

2　《埃涅阿斯纪》第六章有关马尔鲁斯的章节是一个经典段落；但是在贺拉斯确认他自己作为一个诗人的名声时，罗马的视域得到了一个异常高贵而沉默无声的解释：只要国家存在，诗人就会不朽，——还有更多要说的吗？——一年一年地，只要祭司和沉默的处女还会登上朱庇特神庙的阶石：以至永恒。原注。

重轭扛负在他自己的脖颈上。一个离家出走的年轻人，嫌弃正当道的古老共同体的严厉，来到了边境小镇生活，那里所有人都按照他们自己眼中的善的标准行事，不仅为他令人厌烦的自由抱怨不已。“我不想要有义务上教堂，”他悲哀地说，“但我想要住在人们认为我有义务上教堂的地方。”他没有理解共同体的理想；而是找到了那种不好的自由，为撤销国家的效力和剥夺公民的权利打开了通道。

18 世纪最好的思想发展了一种法律和正义的观念，一种社会秩序的合理性，并满怀希望地期待着民主的胜利。然而，好战的激进民主，以法国为代表，采取了卢梭对国家的颠倒的教义，获得了一个短语去表达它，一首歌和韵律去歌颂它，一个军队去保卫它，并尝试以实际政府的形式实现它；最终法国做出了人类有史以来最为巨大的一次惨败。西方世界的我们骄傲地想到伟大的民主尝试在这个国家正在开花结果，而英国人也表明了他们自己的宪政发展；纵然如此，法国大革命的崩溃仍然将真正的民族从最为狭隘的政治领域扩展到了被称为伟大的自由运动的事物之中。通过和平的但是英雄主义的方式，为了主要的人道主义目标，并主要通过议会的手段，人们为了实现想象的共同体，年复一年奋斗不息。在这个角度上可以说，科学和艺术也都获得了民主化。现今在不少方面，不管是出于庆贺还是哀悼，据说这种努力都失败了。它并没有失败。它受到了考验；但是不应该有被击败之类的说辞。对这一运动及其反动的细致研究，并时刻注意它们对诗的作用，将证明古老的民主分子没有理由沮丧，即使从诗的艺术的命运这一角度来看。而诗歌当然也不会认为除了它自己的仆人，打着其他旗号的人都没有认识到共同体的前景并使政府合乎理想。

sinologist

汉学家

顾彬诗选

顾彬、张依萍、海娆 译

沃尔夫冈·顾彬

（Wolfgang Kubin，1945—）

中文名叫顾彬，生于德国下萨克森州策勒市，是德国最为知名的汉学家、诗人翻译家之一，研究领域横跨神学、哲学、汉学、日耳曼学、日本学、诗学、翻译等，尤以中西文化比较、中国古典文学、现当代文学和思想史等见长。1966 年，顾彬入德国明斯特大学学习神学，从 1967 年起，他首次接触李白的诗《送孟浩然之广陵》，从此迷上中国古典文学。1974 年，顾彬第一次来中国，于北京语言学院（今北京语言大学）进修汉语，开始接触中国现当代文学。多年以来，他出版德文、英文、中文著作五十多部。2006 年 12 月 11 日，因有媒体发表《德国汉学家称中国当代文学是垃圾》而倍受关注。他批评莫言落后、王安忆没味、金庸现代性不足以及《狼图腾》是法西斯主义。他坚信“语言说”与审美的高度，向往精神的和美的文学。他坚持以艺术哲学的视角解读中国，将中国古典文学置于跨文化交流的大框架内，注重与欧洲尤其是德国的比较，进而阐述中国古典文学对欧洲的影响。因此坚持对中国当代文学的批评。顾彬在诗歌翻译上成就斐然，译有北岛、杨炼、张枣、翟永明等人的诗，声称“四十年来，我把自己全部的爱奉献给了中国文学”，而他所爱的永远是古代的中国。

白女神·黑女神

终于她递上一碗饭。
白色的女神，黑色的女神，
她将要宣告的，事物的和谐
是老鹰与海的和声。
躺在白色之上的
也在黑色之下躺着。
米是白的，米是黑的，
她用一把刀分析这些。
刀面是最亮的镜子，
它切开白，它切开黑。
山上的太阳太强，
飞龙捉不着她。
白女神走来脚步太轻快，
在山口之上她变成黑女神。
她在那儿久久寻找梳子。

我们从应许之地逃逸，
看山只在一列购物橱窗，
在那里，她吮着她的牛奶，
你啜着你的摩卡，
她说老鹰深入海洋之上，
你说召唤在高高天空之下。

剩最后一粒饭。
它将要游泳或是浮悬，
一时黑，一时白？

新离骚

别提
那些战争与放逐
悲伤今已足够
不仅是为了剥皮宰杀
或是以自己肉身
喂养十千人
无故我们尚且落泪

别再提起
那跳楼
那些末日和忧郁
我们选择了空无
生前死后
疑惑之前绝望之后

别再追问
关于逻辑与理性
一块石更加幸福
一片云以及风

如果并非未及出生
或是幸存
我们宁愿无舌
无目无耳

每次之后

每次之后 你把我从身上洗掉
淋浴下你的皮肤
因为单独而独特。
每次之后
你说：你应爱少一点
而恨多一点。
每次之后，我保留
我身上你的水迹
且哀求，别推进
那似乎坠落的 ……
每次之后
　　我们也
并非永恒的一体，
永久的只是床位与床
的分别，
你独自一个人，而我
与陌生气味交往，

而再次没有伸手
从门到门
去坚持，那正在倒下的……

在早晨里我是谁，
裹在陌生睡眠里颤悚？
我再也说不出：
这是我的身体，拿着吃
我自身一次成了的事。
谁将和谁进入白日，
没有我的你是谁？

每次之后的一再提醒
“你多保重！”
我将在自己里面看见谁
每次之后？
我披戴你度过白日
以便你晚间也在家
当我与你回来。
太多消失
在我们浴室与办公室之间
的路上。
如果每次之后，留下的是空无
那是无 我们居留的最后之所 它说
这曾一次是你和我
每次之后。

顾彬、张依萍 译

马列女士

1

在那
海藻，发夹和纸堆间
沉默了四分之一世纪的房间。

寂静早已拔剑出鞘：
她的颤栗，她的苍白，
在时间的门缝里。

2

树与天空、大地的
真实关系，
比几千年历史更明智，
它们只懂主仆关系。

树枝伸向天际，
黑与白，
美学家的死亡陷阱。

3

目光苍白地诞生，
千倍的精神。

她是谁，
多无聊的问题。
时间粗心地虚构了她。

4

夕阳刚被西山吞噬，
已从黄河升起，
经过泰山。

三次醒来
仍在过她
无梦的长江。

西山：在北京

5

有人的时光会倒流。
比如她的晨曦不会变亮，
只一片朦胧，
犹如隐藏转折。

6

晨昏
模糊难辨

她
身穿睡衣
秋色是惟一的踪迹。

7

黑与白
被分给传说。

我看穿你：
处处红叶。

8（**中秋在紫竹院**）

蒙尘的山，
水上懒散的桥。
茶水凉了，
小舟泊岸。
宝塔遗留下沙砾断根。
惟有柳枝
垂残荷。

注：紫竹院位天北京西北，动物园附近。

9（**北京清河**）

收割后的玉米地，

灰色田野上的麦秸堆。
雾里的太阳，
高悬山上，
照进小巷，
红，
但颜色是禁忌，
包括小米的黄，
干枯的向日葵，
黄昏小溪上的雾岚。

10

看和信任原本简单。
安宁的专注，
窗口的树影。

菊花一词从来难说。
沉默中的你不过是，
它不必要的过错。

11

摘下眼镜，
书已读完。

她们仍未变得聪明。

太阳如扇打开，
夜晚之门。

12 （去康陵）

风中的玉米林，
柿子，
红色比秋天来得早，
在废墟鲜花，
和一些黄色之间。

松柏向天，
墓在河岸。

生和死，
无聊的问题。

注：康陵是北京明十三陵中的一陵。

海娆 译

《光年》对话顾彬：中国古典诗歌的成功跟宗教有关系

戴潍娜 采访

我没有说过中国当代文学是垃圾，但是人家怕我会说过，因为他们觉得中国当代文学真的是垃圾。——顾彬

《光年》：您的《中国诗歌史：从起始到皇朝的终结》，分章上是按照：古代—中世纪—近代来划分。分别为：古代——宗教与礼仪：先秦到两汉。第二章 中世纪Ⅰ——宫廷与艺术。三国到南北朝。第三章 中世纪Ⅱ——宫廷与四方：隋唐。第四章 近代Ⅰ——诗与官：北宋。第五章 近代Ⅱ——事业心与家庭生活：南宋。展望：后古典诗歌艺术——艺术隶与追随者。这种时代划分是否代表您对中国历史的理解？分章中多次使用了中世纪这个概念，中国的中世纪在哪儿，它的神权在哪儿？

顾彬： 按照德国汉学中国的古代到了秦朝结束。官员慢慢代替封建的代表帮助皇帝。汉朝是一种过程，从古代到中世纪。中世纪（220—907）是一个贵族时代。宋朝是一个官员时代。因此那里开始近代。欧洲很晚才有官员能代替贵族。

《光年》：为何认为宋朝是近代？宋朝以后，中国的市民社会兴起，礼教日衰，朱子学在民间部分落寞，被认为是“伪儒”的阳明学大盛起来。如何看待宋朝以后中国的世俗社会？

顾彬：德国汉学界把中国历史分得跟中国汉学家不一样。原因是我们对封建社会的理解有很大不同。宋朝没有贵族。当时的社会是一个以官员为主的。哲学是一个“民主化的”，因为君子不再是统治者的意思，现在有人的意义。谁都可以作为君子。宋、元朝慢慢出现银行、纸币、养老院、医院等。

《光年》：这部诗歌史只到宋代，元明清部分被放在“展望：后古典诗歌艺术——艺术家与追随者”。元明清的诗歌艺术为何被归入“后古典”？

顾彬：到了宋朝中国再没有好的诗歌。有好的词。元、明、清的诗歌更糟糕。词是可以的。我的中国诗词史不是客观的。目的是介绍最好的作品。元、明、清有好的杂剧、小说、散文，但是基本上没有优秀的诗歌与词。原因是精神发生很大的变化。

《光年》：很喜欢您在《中国诗歌史》中对中国古诗中悲哀的论述。这种悲哀为后世的中国文化奠定了基调，好像中国人从未开怀大笑或狂欢。这些都是通过阮籍、曹植等的五言诗反映的。比起七言，有时候觉得五言更像诗，而七言倒是像清代子弟书，以及根据子弟书改编的大鼓词，或南方的弹词了。

顾彬：诗歌与悲哀的问题是不太清楚的。我们怎么理解悲哀呢。李白老用“愁”这字写诗。悲哀与愁是一个哲学的问题。《诗经》基本上表示快乐的观点。《楚辞》不是。因为萨满等的女神老不来。

不过，我们怎样理解悲哀与愁呢。这也涉及一个翻译的困难。我们翻译melancholy, depression两个概念原来是现代的，中国五四运动后才出现。你提五言、七言的问题提得很有意思。我要多思考。

《光年》：如何理解中国人的神性？神性与礼教是否合一？元明清以来，表面

上是礼教浓重，但实际上是淡化了。政府的要求没人听了，中国世俗社会是否消灭了神性；或者说，中国人的神性、贵族性是从哪个时代开始流失？

顾彬：贵族的问题容易谈。唐朝是贵族的社会，宋朝不是。宋朝是官员的社会。在唐朝不是谁都可以做贵族，到了宋朝谁都可以成为官员。这我在我的中国诗歌史解释过。因此我不太想重复。“神圣”的问题是一个非常复杂的问题。根据我的了解，中国的诗歌是从祖庙来的。诗歌原来的作用是崇拜先祖。在祖庙给先祖报道成绩是贵族的事情。后来神圣的，它的背景有变化。楚辞的宗教跟诗经的宗教不一样。屈原的信仰是萨满主义。佛教到了汉朝后神圣的性格是佛决定的。无论如何杜甫是第一个世俗化的中国诗人。不过，谁都知道，苏东坡与佛教是分不开的。

到现在中国学者否认中国社会有宗教。怎么定宗教这是一个定义的问题。德国的比较宗教扩大了宗教的概念，不再从基督宗教出发。它认为哪里有对神圣现象的崇拜哪里有宗教。中国古典诗歌的成功跟宗教有关系。中国现代、当代在读者眼睛中衰亡的原因在于失去了神圣的背景。

《光年》：如何定义现代，如何看待现代文学中消失的古典？

顾彬：现代允许人自由。他什么都可以否定，也包括他自己在内。但是自由的危机是人会丢失自己。丢了自己他就是两个人物。人的分裂是现代性最突出的特点。

到了现代，传统老受到批判，但是现代性应该知道它有一天也会受到批判。怎么办呢？人应该开放，应该承认只有传统能帮助他克服它的分裂性格。传统才会把人看成一个整体。

尼采的超人是一个尝试克服分裂的新人物。我怀疑他成功了，因为他太否定传统。

《光年》：中国人的信仰很多时候是祖先崇拜，比如《金瓶梅》中那个嘉年华一样的世界。怎样看待中国文学中的宗教问题？

顾彬：中国没有宗教是中国学者的八卦说法。他们不懂宗教。中国有宗教。很多。不必说佛教、伊斯兰教、基督教。孔子老谈神、鬼神等。我们的问题在于我们怎么理解《论语》里头的神鬼等。

《光年》：怎么看待知识分子身份的变化？随着信息化的发展，知识分子的知识贬值，是知识分子无法满足世界的需要，还是世界不再需要知识分子？

顾彬：知识分子是一个复杂的概念。因为它的历史很短。另外从德国来看它有贬义。在德国没有人想作为知识分子。我也不是一个。

《光年》：如何评价汉学研究中的左右派之争？

顾彬：冷战时代的汉学基本上是研究古代中国的，是客观的，是歌颂中国古老文化的。只有到了 20 世纪 70 年代国际汉学慢慢开始对新中国感兴趣。汉学的左派歌颂毛泽东，汉学的右派觉得“文革”有问题。

《光年》：曾被媒体热炒的您的“中国当代文学垃圾论”，是否存在断章取义？

顾彬：我没有说过中国当代文学是垃圾，但是人家怕我会说过，因为他们觉得中国当代文学真的是垃圾。问题在于人们不听我说什么。我说过这类的话，但是涉及所谓美女作家。但是我没有全部否定中国当代文学。

相反地我到处都说中国有第一流的诗人。好像这个谁都不想听到。

另外，我老解释中国当代文学的危机是一个国际的危机。因为评论家们把长篇小说看成文学，把文学看成长篇小说。但是长篇小说是最难写的。因此目前世界上没有好的长篇。

《光年》：歌德提倡世界文学。中国文学是否被纳入到世界文学的体系中？世界文学与中国文学的参照体系有何不同？

顾彬：根据我的了解，世界文学涉及所有好的、谁应该看的文学作品。中国从《诗经》开始有世界文学。问题在于人家不一定知道。虽然我们汉学家们翻译的不少，可是我们母语水平不够。比方说 Stephen Owen 是世界上最好的汉学家之一，但是他的翻译不是文学，全部缺少诗意。

《光年》：您曾打趣《论语》《墨子》《礼记》都是不让人说话不让人动。那您对历代的儒家（比如汉儒、宋儒、清儒以及新儒家）如何评价？中国古代也有“西儒”一说，徐光启、利玛窦是西儒。德国哲学中是否有这样的西儒？

顾彬：我对儒家可能有新的了解。别忘了我是“文革”培养的。当时谁都批林批孔。虽然我没有参加，但是我还是受到了鲁迅否定儒教的影响。我今天宽容一些。不过我不喜欢宋、明、清的儒学。

为什么不我不太清楚。可能跟女人有关系。我是女权主义者。儒教对女人的态度不太理想。无论如何孔子还是算比较开放的。我最近写他写得不少。也有一本书。他主张的敬畏、好的死亡、学习的习、和谐对当代德国学都是重要的概念。唯一个当代西儒我可以想起来是德国的卫礼贤。他以为儒学可以拯救欧洲。

《光年》：好像普鲁士来中国的传教士并不多，但影响很大，康熙朝有南怀仁，清末有郭士立，亦译郭实腊。但他主要活动在南方，他对中国的影响无法像南怀仁、汤若望那时对康熙皇帝的影响了。他算是普鲁士少有的中国通。

顾彬：所有传教士的问题都是不容易回答的。我们都有成见。这是正常的。有好多误会。他们基本上是好意的、爱中国的。如果我们今天要了解他们在华的历史资料我们要学好多语言。但是我们来不及学好中世纪的德文、法文、拉丁文等。好多档案还没开。

郭实腊（Gützlaff）这类的传教士有问题，但是他也有他优越的地方。比方说他能用中文写书。他穿中国人的衣服。

《光年》：德语文学的概念比德国文学更广袤，它为我们奉献了卡夫卡、茨威格、迪伦马特、黑塞。德国文学好像从歌德、格林兄弟时期一下子就到了现

当代……我读过所谓成人版的《格林童话》，有哥特和恐怖的成分。您也说过童话是社会中的必须，没有童话的社会才是真正恐怖的。

顾彬：原来谁是德国人并不清楚。比方说我妈妈是维也纳人，我爸爸是柏林人。他们结婚时德国与奥地利是一国。我出生了我有了一个奥地利的护照。做了柏林自由大学的教授我得了一个德国人的护照。

德国文学这个概念不清楚，因为德国才有 150 年的历史。我在维也纳的亲戚都觉得他们是德国人，不是奥地利人。

我们德国人编辑的德国、德文文学史都包括奥地利的、瑞士的作家在内。原因是德语国家最重要的出版社都在今天的德国。因此谁在那里出他的书，谁算一个德国、德文作家。

黑塞原来是德国人，但是因为历史原因他选了瑞士籍。从某一个角度来看黑塞给我们讲好多现代的童话、神话。比方说《荒原狼》（*Steppenwolf*）这部小说。格林童话是恐怖的，黑塞的小说也是可怕的。无论如何，人的困惑好像只能够依赖童话与神话解决。

biography

诗人志

镜中人：阿赫玛托娃

德米特里·贝科夫 撰文

王嘎 译

归根结底，问题甚至不在于观点，而恰恰在于取向。阿赫玛托娃的世界，是成为伟大抒情诗源泉的苦难世界；帕斯捷尔纳克的世界，则是以痛苦而圆满的“复活之努力”征服苦难的世界。

1

当我们谈起帕斯捷尔纳克的最后岁月，他同阿赫玛托娃的交往也随之成为探讨的话题。正是在此际，显现出20世纪30年代甚至40年代仍被掩盖的差异；也就在此际，两种人生策略的所有区别才浮出水面，尽管从表面看，帕斯捷尔纳克与阿赫玛托娃之间命运的相像远远多于著名的四人组合[1]（算上马雅可夫斯基，便是五人组合）其他人之间。

他与阿赫玛托娃的关系之复杂，远超与同时代任何一位诗人的关系。表

1 “四人组合”的其余两人是茨维塔耶娃和曼德尔施塔姆。

面上一切都好——彼此恭维、相互题赠诗集和照片、来自他的敬意和殷勤、来自阿赫玛托娃的尊重和感谢、为数不多却被回忆录作者们仔细记述的几次相会，总之，这完全不是他与茨维塔耶娃那种神经质的、炽热的亲近，也不是与马雅可夫斯基那种激赏和冷淡的交替，而是平静的、乍看忠实的友情，别无亲密之感。两人有着太过良好的教养。然而，“在自己的暗流下”，用纳博科夫的话来说，这种情谊却更像是敌意，起码，阿赫玛托娃对帕斯捷尔纳克背后的议论，最好情形下不过是宽容，最坏则是鄙薄。相比之下，曼德尔施塔姆同帕斯捷尔纳克的分歧似乎复杂得多，但读起帕斯捷尔纳克的诗来，他却怀着更明显的妒意和好感；从精湛的审美的高度，阿赫玛托娃漠视帕斯捷尔纳克的狂喜，对他的独白报以不屑而含混的回复，他的欢欣更是遭到她极度的怀疑：“他从来没读过我的作品。”这个结论得自于帕斯捷尔纳克 1940 年一封热情洋溢的信，他在信中称赞她的诗集《六部诗集选辑》，[1] 又为她 30 年前的旧作叫好。

说实话，鲍里斯·列昂尼德维奇也感觉到与安娜·安德烈耶夫娜的交往并非特别自在。他投身于自己惯有的绚丽辞藻，却撞上了俄罗斯诗歌贵妇冷冰冰的彼得堡教养。要是他的言行再单纯些，私事方面再听听他人的意见，再用天真无邪的腔调讲讲共同熟人的小趣闻（应当承认，阿赫玛托娃喜欢各种传言），冰冻倒有可能开裂；但首先，帕斯捷尔纳克永远都不会让自己降低到此类行为，其次，高深话题即使转向日常，也不见得保证带来暖流。不妨大胆地说，阿赫玛托娃只在两种情况下可能对一个人产生兴趣：要么他给她留下了作为男人的印象（古米廖夫、卢里耶[2]、希列伊柯[3]、涅多勃洛沃[4]、加

1 茨维塔耶娃于 1940 年出版的一部诗集，当年年底被苏联当局密令销毁。

2 阿尔图尔·文森特·卢里耶（1892—1966），俄罗斯 20 世纪先锋音乐最重要的代表之一，曾与阿赫玛托娃关系密切，1922 年移居柏林，自 1941 年起定居美国。

3 弗拉基米尔·卡季米洛维奇·希列伊柯（1891—1930），俄罗斯东方学专家，诗人，翻译家，阿赫玛托娃的第二任丈夫。

4 尼古拉·弗拉基米洛维奇·涅多勃洛沃（1882—1919），俄罗斯诗人，评论家，在创作方面对阿赫玛托娃颇有影响。

尔申[1])，要么在基本气质特征上跟她有相像之处——对生活深入彻底的否定、悲怆的世界观；在她的价值体系里，甚至茨维塔耶娃的悲惨境遇也不够充分，因为其中有太多的冲动、神经质……尊严则太过稀少。阿赫玛托娃喜欢那些能够抗拒诱惑的诗人，茨维塔耶娃和帕斯捷尔纳克正好相反，他们渴望尝试一切，然后才加以拒斥；帕斯捷尔纳克和茨维塔耶娃每迈出一步，都会使自己陷入难堪，二者均不善于在物质层面保持正确。阿赫玛托娃却只看重事物的正确性：没有任何诱惑，唯有高傲、纯洁的悲剧体验，呈示于苦修之境（“兔笼里的苦修”，曼德尔施塔姆曾经刻薄地开玩笑说，但他身上其实也有这种气质，所以他们从未有过激烈的争执）。而曼德尔施塔姆和布罗茨基——阿赫玛托娃在不同时期始终认可的两位大诗人——恰恰也只把诗歌视为一种正确性的意识，并且出色地展现了所谓的自重。帕斯捷尔纳克和茨维塔耶娃的表现力，在阿赫玛托娃看来，乃是恶俗的趣味。除此之外，她显然妒忌帕斯捷尔纳克的荣誉，也曾公开承认羡慕他的命运。

但这并未影响到帕斯捷尔纳克的热情书信，以及阿赫玛托娃两首优秀的诗作：一首是给帕斯捷尔纳克的赠诗（《他，把自己比作长有一双马眼睛的人》，1936），另一首——纪念他的死。她还为他写过一首四行短诗（《这里的一切理应属于你》，1958），表达自己的同情，却因为生硬教训的音调而稍显傲慢：“请向他人赠以世界的玩物——名声，/ 走回家去，什么都别等。”问题是，他何必向他人赠以世界的玩物？他可未曾得到过多少名声，只是荣获了应得的；阿赫玛托娃获得的声誉远胜于别人，顺便说一句，这也是她为之着迷的东西。“被名声压扁的可怜女人！”——楚科夫斯基于 1922 年写道。“走回家去，什么都别等”，听起来就像是“待在家，向谁都别敞开，哪儿都别去”……至于她每每以年长自居，倒不难理解；不过，多数情况下，她又非常善于隐藏这一点。

1　弗拉基米尔·格奥尔基耶维奇·加尔申（1887—1956），苏联医学科学院院士，病理解剖学家，从 1939 年开始追求阿赫玛托娃，1944 年两人关系破裂。阿赫玛托娃晚年诗作《没有主人公的叙事诗》第二部及尾声即是为他而写。

阿赫玛托娃与帕斯捷尔纳克

相对而言，帕斯捷尔纳克更直露。有好几次（在索性不再节制的最后岁月里），他未能禁住诱惑，公开刺伤了阿赫玛托娃。她则在言谈中掩饰着对他那几个女人的嫌恶——为的是，但愿不破坏“文学的良好风尚”，不参与迫害或者不让人怀疑，她好像——是她！——对某人有醋意……阿赫玛托娃通常很少正面评价诗人们的妻子：她们所有人——从娜塔莉娅·尼古拉耶夫娜[1]直到济娜伊达·尼古拉耶夫娜——都会引起她一成不变的反感。娜杰日塔·雅科夫列夫娜·曼德尔施塔姆是例外，其余诗人们，在安娜·安德烈耶夫娜看来——都不走运。但即使在此背景下，说起从未对她做过恶事的奥丽嘉·伊文斯卡娅，阿赫玛托娃的固执和厌恨之深，也令人瞠目结舌。我们倾向于认为，绝非伊文斯卡娅的出现导致了诗人之间关系变冷，但正是这种起初被掩盖的、连阿赫玛托娃本人也未充分意识到冷淡，激起了她对帕斯捷尔纳克最后一位恋人的极端排斥。

1　普希金的夫人。

2

当帕斯捷尔纳克与阿赫玛托娃相识之际，她已有理由被视为俄国头号女诗人，而他只是一个急追猛赶的无名新手。第一部诗集《黄昏》(1912)让阿赫玛托娃一举成名，随后便是名称和外观同样简朴的第二部——《念珠》(1914)。1913 年，帕斯捷尔纳克刚开始写作。她的一切都比他更早——早一年出生，1907 年发表处女作，1911 年已经小有名气，1922 年写下了代表作，1940 年实现了幻觉一般缠绕着她的早年构思……早在 1918 年，她对新政权就不抱任何幻想，帕斯捷尔纳克却似乎还没明白发生了什么，她在 1938 年即已创造出新的风格、《安魂曲》和战争抒情诗的风格，3 年之后，帕斯捷尔纳克才通过别列捷尔金诺组诗摸索出一套新手法。她总是处于领先——有时不太多，有时相当明显；作为古米廖夫的妻子，阿赫玛托娃属于他那一代——“1913 年的一代。”帕斯捷尔纳克年龄比她略小，正像未来派比阿克梅派略为年轻，尽管二者与这两个流派的关联，纯粹是相对而言。但心理和“文学”年龄的差异、各自所属的时代，决定了他对她的热情加崇敬的态度——偶尔过分夸张，近乎揶揄。

曼德尔施塔姆并非随意地写道，阿赫玛托娃的诗“即将成为俄国伟大象征之一”。这种室内的、“隐秘的”抒情，从第一个词语开始便独具魅惑，发出强有力的悲声，明显过于庄严和哀伤，以使读者能用希望聊以自慰，仿佛谁的爱方才破灭：世界轰然崩溃，承受它的垮塌也应像承受爱的分离那样，不为所动。1915 年，涅多勃洛沃首次表述了阿赫玛托娃诗歌这一思想的伟大意义，并将其上升到全俄罗斯乃至全世界的高度。阿赫玛托娃说他的短评“解开了我的生命之谜”。从她最初的诗作即可看到，她的哀哭或冷漠不仅是为个人的命运，一场大火灾的反光投射于她的抒情：她的坚忍与淡泊，既是个体命运的预见，也反映着未来灾祸的普遍意识，而她青春时代爱的悲欢正是就此意义而言——并未超出淬炼和预演的范围。在阿赫玛托娃的诗中，与心爱之人离别的预感、末世的期待、面对情人和上帝的负罪感，均是与生俱来、根深蒂固；而她的人生从一开始就好像处于“那些平静、晒黑的农妇们谴责的目光”[1]下，处于那屹立在贫寒土地的巨型石人的注视下；阿赫玛托娃比别人更早感受到这内在于自身的目光，或许是因为，她更早地感到了自己的罪过：“在这里我们都是酒徒，浪荡子 /……那正在跳舞的女人，/ 必将下地狱。”[2]从始至终，她的全部诗作都体现着两种悲剧情结的交融：一方面是先知般挥之不去的个人正确性的意识，另一方面则是同样牢固的罪错意识、一切灾祸理应如此且无可避免的意识；正是这种痛苦的交集，让那些对阿赫玛托娃不怀善意的人们一再说起她的两副面孔：修女和荡妇。后来日丹诺夫的报告也借用了这两个形象，报告的评析部分即是源于1910年代的粗俗小品文。与此同时，我们不能说，阿赫玛托娃的诗根本不曾为此类解读提供了口实，因为用肤浅和厌恨的眼光来看，她的罪错意识无异于正确性的意识，许多人更愿意从中看到的不是悲剧，是姿态。正是这种交集，也预先决定了阿赫玛托娃的主要抒情特征——她的叙事性；将共同的罪孽和共同的悲剧归之于个人的体验。俄国知识分子视为罪的悲剧集合体的那一切，在阿赫玛托娃那里无不具有个人的、隐幽的特点，但这并非对有过或未曾有过的背叛之悔罪，而是意识到自己注定的毁灭。是的，我们是酒徒和浪荡子，但并非因为，我们在简单肤浅、令庸俗之人感到可亲的意义上纵酒、放荡：毋宁说这接近于曼德尔施塔姆所云：“有一种劳动的放荡，它就在我们的血液里。”[3]我们有罪，是因为我们注定毁灭，而不是相反。

我们已经了解到，帕斯捷尔纳克试图从私密角度感受革命，将其看作一场为女性受辱的尊严而展开的复仇；这种把历史当作个人戏剧加以体验的努力，无疑是阿赫玛托娃式的。对阿赫玛托娃而言，革命是复仇，也是勃洛克

1 引自阿赫玛托娃《你知道，我不禁心怀忧伤》(1913)。

2 引自阿赫玛托娃《在这里我们都是酒鬼、浪荡子》(1913年1月1日)。

3 引自曼德尔施塔姆《莫斯科午夜》(1931年5月—6月4日)。

式的“报应”——因为幸福、罪孽和存在的事实本身；这些末世论的预感拉近了她与勃洛克之间的距离，甚至使她咏唱幸福爱情的诗篇都带有悲剧色彩。对帕斯捷尔纳克而言，正如我们此前所说，从报复开始，衍生出假定幸福与公正的新生活，其中没有罪孽，只有和谐。革命在勃洛克和阿赫玛托娃看来，乃是这样一种事件，它以自身尺度取代了关于公正抑或不公的言论；这是某种圣经式的惩罚，一切生灵均注定无可逃避。需要凭借高尚、“不动心”的隐忍来接受惩罚。帕斯捷尔纳克则认为，20 世纪 20 年代甚至 30 年代的革命同样是正义的复仇，是被侮辱与被损害者的报复，在他看来，这并非圣经意义上的事件，而可以说，是合乎于彼得[1]尺度的事件（参见《崇高的疾病》），换言之，他的革命预感不属于末世论的范畴。世界并未终结。“老一代”与“年轻一代”的差别也就在于此。相像则是以社会灾变的隐秘体验为基础：在阿赫玛托娃那里，共同毁灭的感受投映于个人的罪错意识——面对自我、恋人、孩子（“我是一个坏母亲”[2]）。在帕斯捷尔纳克那里，社会大灾成了为遭受强暴和侮蔑的女性复仇的历史，对于被压迫者的同情则投向著名的“女性之伤”。角色各不相同，自我认知迥然有别，思路却是一致的——同样是由个体到全体、由抒情到叙事的个人发展模式，同样是社会悲剧投映在个人境遇之上，并专注于相应的情节。阿赫玛托娃年轻时的基本抒情主题，乃是为罪孽恋情付出代价之必然，以及纯洁、和谐、田园诗般的爱恋之不可能；抒情女主人公随意毁坏任何家庭和婚姻，然后从各处逃离，谁都无法使其顺服。“要我顺服于你吗？你简直发了疯！/能使我顺服的，唯有上帝的意志。”[3]帕斯捷尔纳克的基本抒情主题恰恰在于希望，他希望实现个人关系的和谐，由此通

1 指彼得一世，也可理解为彼得式的世俗化改革。

2 参见阿赫玛托娃《摇篮曲》（1915）。

3 引自阿赫玛托娃《要我顺服于你吗？你简直发疯了……》（1921 年 8 月）。

向世界的和谐，希望在成就了早期抒情诗“威严女孩”海伦[1]和“暴风飞蛾”[2]的爱情之后，能够以某种方式预防灾祸、制止流血；阿赫玛托娃的世界滑向深渊，无可挽回，帕斯捷尔纳克的世界则绝非不可救药，只要“活下去，相信并盼望”，不仅自己的生命会得到安顿，社会生活也会井然有序……这仍然是自我认知与解读的迥然差异，诗歌策略却相当接近；如果以图解形式来看帕斯捷尔纳克与同时代人之间的关系，那么，在创作意向、对客观化的追求、叙事主题的抒情感受及抒情系列的叙事结构等方面，阿赫玛托娃无疑比其他人离他更近，在气质方面却离他更远；这种区别之所以格外明显，或者可以说，格外地不可调和，是因为我们比较的是同等格局的两位诗人，假如拿帕斯捷尔纳克与曼德尔施塔姆相比，从抒情禀赋的特征来看，两者之间的共同点则少得多。

3

阿赫玛托娃大体上属于旧约诗人，帕斯捷尔纳克则属新约诗人，两者最基本的差异就在于此。在她的诗作中，旧约典故共有几十处。毫无疑问，阿赫玛托娃那里也有新约诗，首先当然是《安魂曲》，但《安魂曲》里面恰恰缺少了耶稣复活这个新约主题。“马利亚浑身颤抖，号啕大哭，/ 心爱的门徒呆立一旁，/ 谁也不敢把目光投向 / 那圣母默默驻足之地。”[3]在 1940 年，盼望复活是不可能的。“复活之努力”只能局限于记录、保留，不至于遗忘。

一个悖论——这在帕斯捷尔纳克命运中往往层出不穷：阿赫玛托娃，一位受了洗、入了教、称托尔斯泰为“异教首领”的信徒，对基督教抱有非常严肃的态度。帕斯捷尔纳克则成长于一个完全世俗化的家庭，直到 30 年代

1　参见《致海伦》（1917）。

2　参见《暴风飞蛾》（1923）。此诗化用了俄国诗人费特的抒情诗《化成蛹的暴风》，费特在原诗中通过幼虫、虫茧渐变成暴风飞蛾的过程描绘了一个女孩发育的过程。

3　引自阿赫玛托娃《安魂曲 · 受难十字架》（1940 年，喷泉宫）。

末，名义上仍被认为是苏联诗人，极少去教堂；基督教外在仪式的一面好像也难以吸引他。虽则如此，他晚年诗歌的每个词句，都是关于复活，关于未来生命的热望，而阿赫玛托娃似乎没有任何这样的期望；只是在聆听歌唱时，她才会有片刻的联想，“仿佛那前方不是坟墓，/而是飞升的神秘楼梯”，[1]但只是——“仿佛”！她确实隐约看到一条“说不出通往何方的路”，从了不起的《滨海十四行》（1958）蜿蜒伸展，但从她任何一首诗中都听不到《八月》那种死后的庄严回声，仿若末日审判的号声，泛出秋日里青铜的光泽，赭色和姜黄色掺杂其间。甚至在《安魂曲》的尾声，在关于纪念碑的独白中，阿赫玛托娃想象故去之后的自己也像岩石一样，没有生命，对于帕斯捷尔纳克而言，死却根本不存在——剩下的并非石头，而是“昔日的我发出的预言”，是“不为衰朽触动的声音”。[2]

问题究竟何在？是因为男性心灵由来已久的脆弱、自私，以及令他畏怯故而不能安然接受的消亡吗？此类解释流传甚广。难怪在行将离世的日子里，扎波罗茨基抓住一切机会向所有人阐述其永生不死的理论——“生命与我无处不在”，一旦有谁未能对此予以应有的重视，他便勃然作色。诚然，他的思想完全不属于基督教范畴，而更像某种泛神论：基督教典故在他早期乃至晚期诗作中几乎无迹可寻，如果不算那首杰出的《逃向埃及》（1955）；他活在赫列勃尼科夫非善非恶的异教世界，个人转化为活生生而又无意义的草木的物质，在他看来并非个体的失丧。帕斯捷尔纳克，正如我们所知，将人类想象成“植物王国”的对应物，扎波罗茨基则认为自己是它的一部分，是“大自然的理智”。是的，男性真有可能无法忍受个人局限和消亡的念头，女性则创造生命，她们更切近生命的本源，对待死亡和不朽的态度更亲密；女性的宗教性往往比男性更深入，更合乎天性，而没有那些挣扎和犹疑；有人会说，这种状况的原因是女性的愚蠢，也有人却说是智慧。无论如何，比之于女性，

1 参见阿赫玛托娃《聆听歌唱》（1961年12月19日，圣尼古拉节，列宁医院）。

2 参见《八月》（1953）。

男性抒情诗里对不朽的痛苦渴念和感伤，听起来总是更响，也更绝望。“有的女人，亲近于潮湿的土地，/ 她们每个脚步，都伴着嘹亮的哭声。/ 送别复活者和初次欢迎死者，/ 即是她们的使命”[1]——曼德尔施塔姆临死前不久，描写了他始终青睐的这一女性类型；这是献给娜塔莎·施塔姆贝丽[2]的诗，但从阿赫玛托娃身上他看到了同样的特征，同样是天性中深刻的宗教性、坚定不移和生死之间隐秘的亲缘。在帕斯捷尔纳克的世界里，死之所以不存在，或许正因为它不可想象。阿赫玛托娃的世界存在着死，并且能够与之和解，而生与死的边界又是限定不变的；从阿赫玛托娃任何一首诗中，都找不出帕斯捷尔纳克那种气喘吁吁的幸福。她本人称自己的诗平缓、黑暗、阴沉，这种说法不无刻意的自贬，也暗含着辩驳，但事实上，呈现于阿赫玛托娃面前的生，也确实离死不远。大可径直向死神开口说：“你终究会到来，那为何不是现在？”[3]死与阿赫玛托娃抒情诗中的人物在同一张桌前就座——“葡萄酒灼烫，好似毒药”[4]；空气充满死的气息，而它就守望在各个角落：“为了你，我支付了 / 现款，/ 在纳甘手枪下度过了 / 整整十年”[5]；“因为这样的杂耍，/ 坦率地说，/ 我宁可等待书记的 / 一粒铅弹。”[6]相形之下，死神似乎比“非人美貌的女秘书”[7]更仁慈。这不是马雅可夫斯基那种为了抒情的制动而念念不忘的浪漫毁灭，不是抽屉里永远摆放着的勃朗宁手枪，不是由于不幸的爱情所导致的自杀——这是“发出木箱气味”的死，它“像有经验的匪徒，带着重

1　引自曼德尔施塔姆《写给娜·施塔姆贝丽的诗》之二（1937 年 5 月 4 日）。

2　娜塔莉娅·叶甫盖尼耶夫娜·施塔姆贝丽（1908—1988），曼德尔施塔姆流放沃罗涅日期间最亲密的好友之一，1935—1971 年间在沃罗涅日航空技术学校担任俄罗斯语言文学教师。1936 年 9 月初与诗人相识，迅速成为他精神上的知己。曼德尔施塔姆为她写有多首诗作，并且将 1932—1934 年间的三大本诗歌手稿交由她保管。二战之后，诗人遗孀几经辗转找到施塔姆贝丽，所有诗稿全都完好无损。两人由此结下终生友谊。

3　引自阿赫玛托娃《安魂曲·致死神》（1939 年 8 月 19 日，喷泉宫）。

4　参见阿赫玛托娃《新年叙事曲》（1923）。

5　引自阿赫玛托娃《没有主人公的叙事诗》（1965）。

6　引自阿赫玛托娃《因为这样的杂耍》（1937）。

7　参见阿赫玛托娃未完成的诗体悲剧《埃努玛·埃利什。序幕，抑或梦中之梦》（1942 年开始动笔，断断续续写到诗人临终前）。

锤”悄悄走近，或者“像毒气弹”飞进来[1]。死去之后，同样不存在回返的希望，因为道路“说不出通往何方”，即使可以找到一条路，那它也会延伸到不可思议的远方，太过遥远，就连回声也无法抵达。“所有可亲之人的灵魂都在高远的星空。”[2]这是一条通往至善的路。怎么可能再有回程！

但我要警告你们，
这是我最后一次活着。
无论燕子还是槭树，
芦苇还是星辰，
无论泉水，
无论钟声——
都不再是我让人烦恼的理由，
我也不会出于难耐的怨愁
再去造访别人的梦境。[3]

这场与世界义无反顾的离别，俨如恋人间的分手——“我永远不会回到你身旁。”当然！这可不是扎波罗茨基所幻想的，化作一棵草再回来，也不是帕斯捷尔纳克用来跟送行者打招呼的死后的声音。一切全都一去不返。阿赫玛托娃并不祈求仁慈，不盼望同情——在她的世界里，盼望是有损尊严的事情；形式纯粹、无杂质的隐忍精神，坚如磐石。这也是旧约的世界。

非理性——阿赫玛托娃诗歌技艺的基本特征。她比帕斯捷尔纳克更喜爱“神秘性”（按照库什纳讽刺的说法，每当需要四音节修饰语时，她就把这个词填入诗行），但如果说在帕斯捷尔纳克那里，“神秘性”主要相对于个人生

---

1 参见阿赫玛托娃《安魂曲·致死神》（1939年8月19日，喷泉宫）。

2 引自阿赫玛托娃《所有可亲之人的灵魂都在高远的星空》（1921）。

3 阿赫玛托娃《但我要警告你们》（1940年11月7日）。

活和个性而言，它意味着拒绝“橱窗镜的反光”，在阿赫玛托娃那里，则表示人生在世的玄虚莫测。无须任何解释，也不必展示道德意图：阿赫玛托娃当之无愧的弟子布罗茨基曾经写道，他喜欢《旧约》，胜过《新约》，因为上帝非理性的意志比赏罚的观念更令他崇敬！阿赫玛托娃的世界里没有因果关系：“从利巴瓦[1]到符拉迪沃斯托克”，无辜的女人被所有人咒骂；心爱的男人反而带来折磨……对阿赫玛托娃创作手法的全面解释，就在于1944年那首著名的六行诗《背叛》：

> 不是因为镜子破了，
> 不是因为风在烟囱里哀号，
> 不是因为想你的念头
> 掺杂了别的什么——
> 不是因为，根本不是因为
> 我在门口迎来了他。

不应该认为，这是对神秘性有意识的玩弄，以及个人风格的滥用——毋庸讳言，20世纪60年代，阿赫玛托娃的缺陷也就在于此。这里的一切都极其明朗，如同曼德尔施塔姆屡屡带着敬意说起的“棋局”：所有重要的和不幸的事件凭空而来，无缘无故，也不在理性解说的范围内。“是什么，就是什么。”争斗和论辩徒劳无益，因为没有相应的对象。

帕斯捷尔纳克充满喜乐的复活节的诗歌世界与之对比，反差多么鲜明！在帕斯捷尔纳克的价值体系中，奇迹始终在场，但也另有一个悖论——这里不存在非理性的厄运主题，就像不存在残酷的奇迹。在这里，基督教的赏罚观念超越了《旧约》的非理性，正义超越了强力。

对这一差别的解读各不相同。譬如说，1958年之前，帕斯捷尔纳克尚不

---

1 拉脱维亚港口城市，拉脱维亚语名称是“利耶帕亚”。

知何谓真正的迫害，阿赫玛托娃则从苏维埃政权一开始就已领教了，1946年，斯大林决议的打击更是落到她头上，而这终归要比赫鲁晓夫时代开除出作协更糟糕。帕斯捷尔纳克没有哪个儿子被逮捕，也不必为营救自己的孩子，以发表效忠之作为代价，向人苦苦央告；他没有受过穷，也未遭官方文学的废黜，直到他自己把自己从中勾销……但事实上，我们仍然能够想到帕斯捷尔纳克20世纪20年代以来遭受的一系列迫害——这可绝不是议会辩论的说辞：1932年4月，他差点被逐出文坛；1937年，他冒着生命危险，拒绝在支持斯大林处决"反苏分子"的联名信上签名；1938年和1949年，根据某些人先后的供词，足以使他彻底毁灭……而1946年的决议虽然封闭了阿赫玛托娃与读者交流的路径，长达十年之久，但1947年的批判运动却将帕斯捷尔纳克禁锢在翻译领域内。阿赫玛托娃没有别列捷尔金诺的别墅和莫斯科的住房，但她也未曾背负翻译的苦役，正是这种艰苦的劳作，在1945年挤占了帕斯捷尔纳克的原创。总之，比较谁受苦更多，谁身上的创伤更深，并没有多少意义——尽管安娜·安德烈耶夫娜，应该说，不止一次（虽说只在口头上）试图证明自己在此方面的领先地位："几天前，因为帕斯捷尔纳克，我跟一位朋友发生了争吵。他竟然想让人相信，鲍里斯·列昂尼德维奇似乎是一个受难者，身遭排挤和摧残等等。真是信口胡言！鲍里斯·列昂尼德维奇其实是一个非常幸运的人。首先，就本性而言，他生来是幸运的；他如此热爱大自然，从中获得了多少幸福！其次，怎么能说对他的摧残。如果有什么东西哪儿都发表不了，他就把诗作交给两三个崇拜者，瞬间就在人们手头传开了。哪来的什么排挤？他永远不缺钱。几个儿子，感谢上帝，也都平平安安？什么时候？又是怎样的排挤？他所有的作品总是能发表，不在国内，就在国外（她划了个十字）。只消对比一下其他人的命运：曼德尔施塔姆、科维特柯[1]，别列

1　列夫（列勃）·莫伊谢维奇·科维特柯（1890—1952），苏联犹太诗人，1952年因"背叛祖国罪"被处以死刑，1955年获得平反。

帕斯捷尔纳克

茨·马尔基什[1]、茨维塔耶娃——随便哪一个，都可以说，帕斯捷尔纳克是最幸运的。”

她的对话者利季娅·楚科夫斯卡娅嘴上没有反对，却在日记里写道：“何必在痛苦方面一较高下？”她为帕斯捷尔纳克辩解道：“帕斯捷尔纳克是天生的幸运儿，穿着衬衫来到人世[2]，随着岁月的流转，学会了感知连绵春日也无法治愈的他人之伤痛。”也许，她由此开始怀疑（尽管没有大声说出来），阿赫玛托娃的伤痛可能不仅是伤痛，也是自我肯定的理由，以及她的世界赖以支撑的基础；没有伤痛的阿赫玛托娃是不可理喻的，在此之上，她构建了自己的抒情和命运，并且不惮于向自己预言失落和所有的离别，虽然她知道，一切都会应验。对帕斯捷尔纳克而言，伤痛、悲剧、苦难，均属事物正常规则的违背；他不会在苦难中自我欣赏，而是以此为羞耻。阿赫玛托娃以她的悲剧铸造出纪念碑的底座，在帕斯捷尔纳克看来，伤痛只是伤痛而已，无助于他的写作，却有所妨碍。

很难说，这是否反映出气质和生活取向的差异：毕竟，如果愿意的话，阿赫玛托娃的人生同样可以说幸运之极。在俄罗斯，没有一位女诗人生前享有她那样的荣耀和尊崇；她永远受到人们的簇拥，其中许多人仰慕她，记下她的每句话，甘愿为她做出牺牲……作家同行们不敢妒忌她——阿赫玛托娃高于妒意；对她的帮助被视为荣幸、功绩、节日。她的命运里没有那种始终

1 别列茨·达维多维奇·马尔基什（1895—1952），苏联犹太诗人，用意第绪语写作，1949 年作为犹太反法西斯委员会主席团成员被苏联政权逮捕，1952 年被处以死刑。

2 俄罗斯谚语，意思是说一个人生来就很幸运。

困扰帕斯捷尔纳克的犹疑不定；当局从未试图将她攥在掌心，强迫她在同意处决叛逆者的联名信上署名，要求她在大会讲坛上悔过。《安魂曲》和《没有主人公的叙事诗》在国外的发表，也未曾引发国内对她的迫害。归根结底，问题甚至不在于观点，而恰恰在于取向；阿赫玛托娃的世界，是成为伟大抒情诗源泉的苦难世界，帕斯捷尔纳克的世界，则是以痛苦而圆满的“复活之努力”征服苦难的世界。

4

在俄罗斯诗歌中，她或许是勃洛克唯一公认的全权继承人，这一继承关系最可靠的标准，是同时代人对待二者既热烈又略显神秘的态度。阿赫玛托娃和勃洛克让人联想到另一种现实的现象。相比之下，帕斯捷尔纳克几乎自成一体。济娜伊达·尼古拉耶夫娜对此深有体会，所以对利季娅·楚科夫斯卡娅说，鲍里亚是现代人士，阿赫玛托娃则“散发着陈腐的气息”。她的确属于另一个时代和另一个世界，而帕斯捷尔纳克连同其“天上的神人”的所有特征，以及他从苏维埃语汇中成功提取的所有天籁之音，终究来源于此，却又与之渐行渐远。阿赫玛托娃早期主题的范围，使人将其创作的源头甚至不是归于普希金，而是归于杰尔查文（难怪她首先爱上的俄国诗人是他，更晚些时候才开始阅读其他诗人的作品）。高扬的颂诗的音律、皇村[1]的大理石雕像、森林女神……自青年时代起，阿赫玛托娃就感觉自己并非师承于人们通常所认为的涅克拉索夫，或者是莱蒙托夫（尽管认知方面固有的“恶魔式”悲剧情结，拉近了她与莱蒙托夫的距离），而是年轻的、中学时期的普希金：“黝黑的少年徘徊于林荫路，/ 在湖岸边黯然神伤。”[2]阿赫玛托娃与中学生普希

---

1 位于圣彼得堡南部约 25 公里处，原为瑞典贵族庄园，1728 年改名为“皇村”（又称“沙皇村”），是历代沙皇及俄国贵族度夏胜地。这里不仅风景秀丽，还有俄国文化史上著名的皇村中学，普希金的文学之路即是由此地开始。

2 引自阿赫玛托娃《黝黑的少年徘徊于林荫路》（1911 年 9 月 24 日，皇村）。

金之间有许多共同点，关键不仅在于皇村的氛围，更在于古希腊罗马和前基督时代的命运观、对预兆的痴迷——普希金最终未能摆脱的玄想之魅惑；在于喜怒无常和美好梦想的结合。阿赫玛托娃的世界，是晚年杰尔查文和成熟期茹科夫斯基[1]的世界，她的诗歌之神，是杰尔查文的颂诗之神。

阿赫玛托娃作为浪漫诗人，对命运的宰制始终持有古希腊罗马式悲剧性的非善非恶的观念；那些将她称为"新萨福"[2]（她最终厌倦了这个称呼，并公开表示反感）的人们，无不下意识地感受到这些古典文化的根源。勃洛克从她身上发现了继承人和某种竞争者的特征，无论他在与楚科夫斯基交谈时怎样嘲讽她（"'你的夜晚肮脏'——这一句到底什么意思？她大概是想说，'你的双脚不干净！'"），在这嘲讽背后，却是妒忌、平等、神秘关联的体验。难怪勃洛克会请阿赫玛托娃前来，与她分享即兴诗，就她的长诗《在海边》（1914）写下内容详尽的书信（在信中强调，透过所有"女性的"和"外来的"因素，他感到"这是真正的长诗，而您是——真正的女人"）。像对待一切女继承人，他谨慎地对待她，担心损伤她的自尊，或者给她造成负担，但在主要方面他说的没错：阿赫玛托娃是真正的女人。他也曾有过不满："她应当像面对上帝那样书写，而不是像面对男人。"，但这个断语却又准确地揭示了她的方法及宏观历史的隐秘感悟；不难发现，阿赫玛托娃诗歌里的男人也像上帝一样，不可理喻、非理性、无条件地受到爱戴（《你甚至不能杀死我的爱》，1917）。而我们也不难将这一责难返还给勃洛克本人——当他面向"丽人"[3]乃至"圣母"，[4]实际所指却是某位具体的女性，并且令不少人因此陷入难堪。阿赫玛托娃的抒情诗有时轻俏，有时充满自恋（按照曼德尔施塔姆在与赫尔施坦因交谈时的说法），有时表现出不假掩饰的自我欣赏，但基本上还是

---

1 瓦西里·安德烈耶维奇·茹科夫斯基（1783—1852），俄国19世纪初期浪漫主义诗人，翻译家，在诗歌写作方面对普希金产生了巨大影响。别林斯基说，"没有茹科夫斯基，我们也就没有普希金。"

2 萨福，古希腊著名女诗人，生活在公元前7世纪。

3 指勃洛克的第一部诗集《美妇人集》，出版于1904年。

4 参见勃洛克《没有笑容，你的身影浮现》（1905），诗中直接出现了圣母的形象。

继承了勃洛克，从而成为“最近时期”坚忍存在的见证。确切地说，阿赫玛托娃的诗有两个主要部分是从勃洛克那里继承而来：其一为末世论，其二为所有追随者及同道们始终难以企及的神圣音乐性。后者其实也是所谓“神秘歌吟的天赋”，只能得自于上帝：在20世纪的俄罗斯，没有人比阿赫玛托娃和勃洛克更具音乐性。不过，“更具音乐性”并不完全等同于更具韵律（就拿茨维塔耶娃《捕鼠者》中的复调来说，同样也是音乐，只不过是更复杂的一种）。勃洛克和阿赫玛托娃的诗易于记忆，朗朗上口，构成了我们这个世界的一部分，故而在俄罗斯享有盛誉；想来奇怪的是，这种迷人的音乐性恰恰取决于末日迫近之感，只在深渊边缘才发出悦耳的声音。每个人都有自己的制动方式——如果说马雅可夫斯基为了充分的创作需要个人毁灭的预感，那么勃洛克和阿赫玛托娃则需要整个宇宙共同毁灭的预感；在五人组合中，帕斯捷尔纳克差不多是仅有的一位，灵感不是来自毁灭，而是来自奇迹般的获救。

阿赫玛托娃意识到自己是勃洛克的继承人，因此她像帕斯捷尔纳克一样，跟他展开无休止的对话，诚然，与帕斯捷尔纳克相比，这种对话不太明显，尽管他们几乎同时写下了各自“关于勃洛克的片段”。在一次共同参与的朗诵会上，阿赫玛托娃把嘲讽归还给了勃洛克：“亚历山大·亚历山德罗维奇，我不能在您之后上台朗诵！”——“得了吧，安娜·安德烈耶夫娜，咱可不是男高音”：

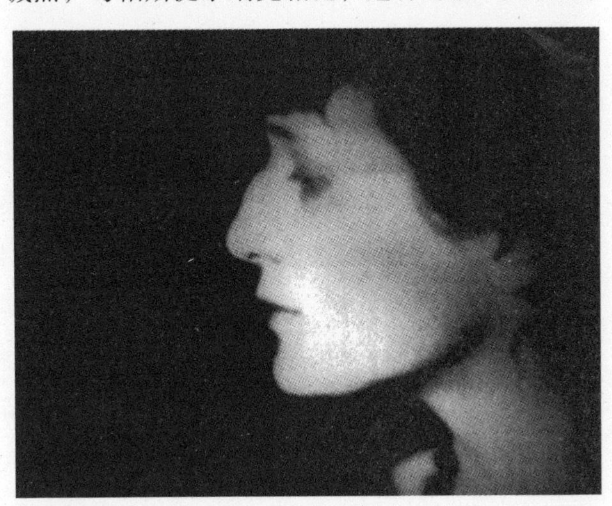

阿赫玛托娃

在那里，在诗行之间，

越过啊呀和哎哟，
勃洛克——时代悲剧性的男高音
向你发出鄙夷的微笑。[1]

当然，这一回应没有任何贬损之意。如果是帕斯捷尔纳克，那他肯定不会允许自己跟勃洛克这样说话——后者在他心目中，永远是活生生的；正因如此，他的涉及勃洛克的片段，均是与勃洛克几乎毫不相干的诗篇，它们确实无关于勃洛克，帕斯捷尔纳克所认为共同的根基和源泉，才是关键之所在。

5

令人惊异的是，帕斯捷尔纳克与阿赫玛托娃在20世纪50年代竟然互不理解。《日瓦戈医生》和《没有主人公的叙事诗》的两位作者，对待各自作品的态度如此相似，就连缺乏训练的读者也不难看出这两部集大成之作在类型学上的一致，而它们的创造者彼此却看不清对方。仔细想来，这也并非不可理喻——每个自认为真理向其本人敞开的人，对他人的真理至少是无动于衷，更多则是不宽容。此外，毋庸讳言：帕斯捷尔纳克对别人的诗作往往是冷淡的，能够吸引他的，只有形式、气质和才情相近的作品，在最后的岁月里，他在此方面的热度好像也消退了——不管怎么说，当初对待茨维塔耶娃的那种激情已然被淡漠所取代。他年轻时随便遇到谁都愿意表示赞赏，到了50年代，却要求别把人家的诗拿给他看，因为他不理解有什么必要（言外之意是：既然已经有了他！）。关于《没有主人公的叙事诗》，帕斯捷尔纳克向阿赫玛托娃说过一些不着边际的话，但她还是记下了他的评论，就像记下所有向她说起的涉及长诗的鲜明话语。帕斯捷尔纳克说，长诗让他想到俄罗斯民间舞蹈的形象，舞者叉开双手，在观众面前跑跳，而她的抒情诗则像是蒙着手帕，

1　引自阿赫玛托娃《在黑暗的记忆里摸索》（1960年9月9日）。

站立不动。这个比喻当中舞蹈的话题有可能吸引阿赫玛托娃，她曾经根据长诗情节构想过一部芭蕾舞剧，甚至为其勾勒了梗概。但密闭的、“用同情的墨水”手写的《没有主人公的叙事诗》，连同幽深的典故和多义的象征，却与读者面前叉开双手的跑跳绝少相像，而开敞、澄明、“不知羞耻”的阿赫玛托娃的抒情诗，也与蒙着手帕的站立相去甚远。

他们对待各自晚年杰作的态度有许多共同点：帕斯捷尔纳克经常说，《日瓦戈医生》的存在高于他个人肉体的存在（这个说法让利万诺夫夫妇陷入了惊恐），阿赫玛托娃则称《没有主人公的叙事诗》是自己最主要的成就，它的地位高于抒情诗。小说的主题和冲突，长诗的节奏及其狂欢形象，多年来犹如幻象，分别追逐着他们两人。小说与长诗中的圆圈舞、狂欢节、圣诞枞树，无不带有多重意蕴；无论长诗还是小说，都是对前革命时代的“清算”，是可怕 30 年代的可怕纪念碑。《日瓦戈医生》和《没有主人公的叙事诗》，堪称两位作者最直接和最充分的个性表达。阿赫玛托娃总是不断说起并写到她的长诗，想象它的命运——那是一场在伦敦上演的古怪的芭蕾舞，所有参与演出的人后来全都神秘地死去……帕斯捷尔纳克则不厌其烦地谈论和讲解他的小说。阿赫玛托娃以书信形式写了《关于长诗的散文》，收信人一部分是虚拟的，一部分是真实的（例如利季娅·楚科夫斯卡娅）；帕斯捷尔纳克 50 年代的书信也有大量涉及小说的内容。他们把各自的主要著作拿给所有新认识的人来读，并且不安地询问：“喏，怎么样？”两部总结性的作品都是自传性的，都描写了爱的三角关系，两者的情节都相当简单——而关键不在于此。小说和长诗有许多神秘和秘密。日尔蒙斯基称长诗“充满了象征主义者的梦想”，但正如我们已经说过的那样，这个观点不仅可信，也适用于小说。帕斯捷尔纳克小说的象征性，超过了别雷、索洛古勃和勃留索夫的全部作品。

然而，阿赫玛托娃却为小说中一些事实的出入而懊恼，她理解的 1900 年代并非如此；帕斯捷尔纳克对长诗所依凭的历史也知之甚少，因而只能通过猜想来重构其意义。就这样，几乎推迟了半个世纪才写成、为 20 世纪俄罗斯文学大厦加冕的两部象征主义代表作，非但不为大多数同时代人所理解，很多方面对于作品的创造者而言同样幽深莫测，遑论他们彼此之间的领会与接受！

1959年8月21日，为庆贺维亚·弗谢·伊万诺夫的生日，帕斯捷尔纳克与阿赫玛托娃最后一次会面。两人被安排面对面坐下。“这也是他们在漫长中断之后的首次相见，这两个中心之间的紧张状态决定了当时的气氛，”米哈伊尔·波利万诺夫回忆道，“场面略感局促。所有来客都像是加入了一场暗中的心理较量。”（顺便说一句，因为他们在场，利季娅·楚科夫斯卡娅也觉得尴尬：两位天才同在一个房间，实在不容易。）阿赫玛托娃呆呆地沉默着，帕斯捷尔纳克却很活跃，甚至有些亢奋地说个不停。经过再三请求，阿赫玛托娃朗诵了《诗人》《读者》（她提前解释说，诗里的“莱姆 - 莱特”，[1]即舞台上的脚灯）和《夏园》[2]。帕斯捷尔纳克一下就记住了《读者》开头的一节，朗诵刚停，他就激动地重复：

不要过于伤感，关键是
不要掩藏。哦，不！
为了让同时代人明白，
诗人将自己彻底敞开。

“这对于我是多么熟悉啊！戏剧感就像一切艺术的原型”，他议论道；他没有说自己正在写一部关于戏剧的剧本[3]，只提到，话剧创作并非易事：“剧中角色怎样都无法独立自主地生活。”还说他开始阅读赫尔岑，目的是深入时代，而赫尔岑却令他失望。

阿赫玛托娃谈到《真理报》向她索要诗作，她给了《夏园》，未被采纳。

“那当然啦！”——帕斯捷尔纳克感叹道。“这就好比向他们提议开一个

1 英语词 limelight 的俄语音译，意思是“石灰光、石灰光灯、白炽灯、众人关注的焦点”等。

2 这三首诗均为阿赫玛托娃晚年作品，均作于1959年7月。

3 指帕斯捷尔纳克1959年开始创作的话剧《盲美人》。

'文学之页'栏目，用玫瑰色的纸张，带着小花边！"

这句话并无丝毫贬抑，只不过强调了阿赫玛托娃的诗与报刊诗作那种呆板腔调之间的显著差异，阿赫玛托娃却对"小花边"一词感到委屈，顿时兴味索然。

大家请帕斯捷尔纳克也读几首诗，他辞谢的时间比阿赫玛托娃还长，说他对新作不满意，推辞不过，终于不大情愿地先朗诵了《雪在下》，然后是《唯一的日子》。阿赫玛托娃怎么都不为所动。

1960 年 5 月 11 日，她去看望病中的帕斯捷尔纳克，但院方已经不允许任何人靠近他身边。有人向她转达了谢意。

为纪念他的去世，她先后写了同题不同视角的两首诗，一首是《诗人之死》，一首是《如同失明的俄狄浦斯的女儿》[1]；后一首诗回忆了她去鲍特金医院的情景，因心肌梗塞发作，他住进了这家医院：

如同失明的俄狄浦斯的女儿，
缪斯引领预言家迈向死神，
一棵发了疯的椴树
却在这哀伤的五月开满鲜花
正对着窗口，就在这扇窗前
他曾经告诉我，他面前
盘旋着一条金色、飞升的路，
最高意志在那里将他保全。

如今，阿赫玛托娃自己也躺在医院；提前了一个月时间，一棵椴树开放在她窗前。一个月前，帕斯捷尔纳克断断续续地试着向她讲述尼娜·塔毕泽后来写到的一切，后来成为病院诗主题的一切；如今，目睹他死后的盛典，她似乎第一次相信了他。

1　两首诗均写于莫斯科鲍特金医院，时间分别是 1960 年 6 月 1 日和 6 月 11 日。

perspective

全球诗歌动态

2016 年上半年全球诗歌动态

2016 年 3 月 21 日，马其顿斯特鲁加国际诗歌节董事会宣布，将 2016 年国际诗歌节最高奖“金冠奖”授予享有“加拿大文学女皇”之称的著名诗人和作家玛格丽特·阿特伍德。2015 年斯特鲁加国际诗歌奖得主为中国诗人北岛。

2016 年 3 月谢默斯·希尼（Seamus Heaney）翻译的《埃涅阿斯纪：第六卷》（Aeneid：Book VI）由费伯（Faber）出版社出版发行。维吉尔的经典对希尼影响至深，因此这本于希尼逝世后出版的译作可以看作其诗意人生的一个完美句点。本书讲述了埃涅阿斯下地府的故事，希尼为此倾注了三十年的心血。

6 月 30 日，被誉为“当代最伟大的英语诗人”的英国诗人杰弗里·希尔爵士去世，享年 84 岁。希尔在 1971 年出版了重要的散文诗集《莫西亚人的赞美诗》；在 2013 年出版了《破碎的等级结构》，这部诗选集是他 60 年诗歌创作的总结，也被《泰晤士报文学副刊》评为“第一重要的作品”。作为一名在战后欧美诗坛享有重要地位的英国诗人和评论家，希尔的诗集和长诗屡获欧美知名文学奖项，这其中包括怀特布莱德奖（Whitebread Award）、乔蒙德利奖（Cholmondeley Award）、格里高利奖（The Eric Gregory Award）等等。他的文学批评合集则斩获英语文学评论界最大金额的杜鲁门·坎珀特文学评论奖（Truman Capote Award for Literary Criticism）。

7 月 1 日，有"在世的最伟大的法国作家"之称的法国诗人伊夫·博纳富瓦去世，享年 93 岁。主要诗集有《论杜弗的动与静》《动与不动的战壕》《荒漠统治的昨天》《皮埃尔在写》等。曾获多种国际国内诗歌大奖，创作宗于波特莱尔、瓦雷里、马拉美以来的象征主义，又融以现代艺术的创新活力，颇能代表 20 世纪 50 年代以来法国诗的主流。他的诗优美而繁复，时见玄秘，通过语言的创造从日常经验上升到空灵无上的境界。

2016 年国内出版的部分诗集

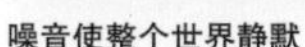

噪音使整个世界静默

作者：[以色列] 耶胡达·阿米亥

出版社：作家出版社

译者：傅浩

出版日期：2016-9

定价：96.00 元

ISBN：9787506388726

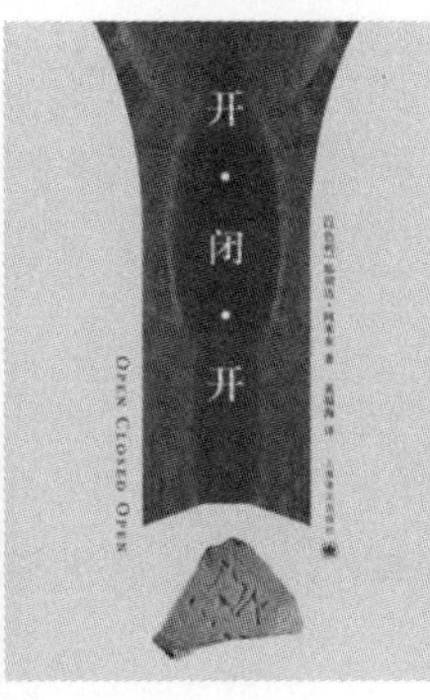

开·闭·开

作者：耶胡达·阿米亥

出版社：上海译文出版社

译者：黄福海

出版日期：2016-8

定价：54.00 元

ISBN：9787532772605

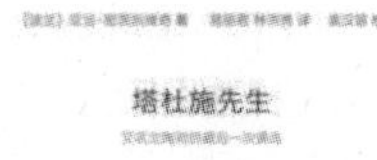

塔杜施先生

作者：[波兰] 亚当·密茨凯维奇

出版社：四川文艺出版社

副标题：又名立陶宛的最后一次袭击

译者：易丽君 / 袁汉镕 / 林洪亮

出版日期：2016-8

定价：68.00 元

装帧：精装

ISBN: 9787541144004

死于黎明：洛尔迦诗选

作者：[西] 费德里科·加西亚·洛尔迦

出版社：华东师范大学出版社

译者：王家新

出版日期：2016-8

定价：48.00 元

装帧：精装

ISBN：9787567553132

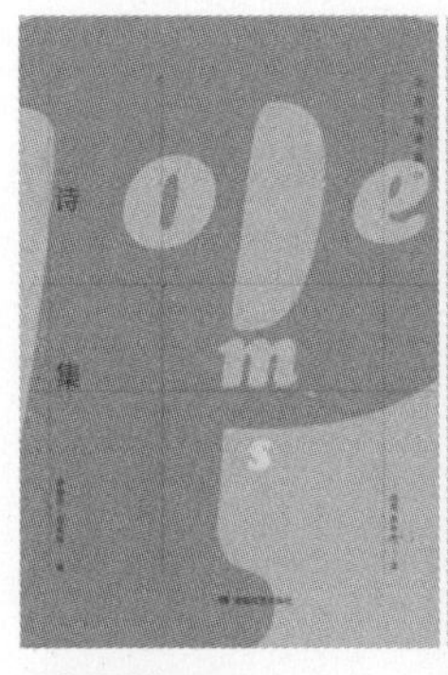

贝克特诗集

作者：[爱尔兰] 萨缪尔·贝克特

出版社：湖南文艺出版社

译者：海岸 / 余中先

出版年：2016-8

定价：40.00 元

装帧：精装

ISBN: 9787540475154

叶甫盖尼·奥涅金

作者：[俄] 普希金

出版社：人民文学出版社

译者：智量

出版日期：2016-6

定价：31.00 元

装帧：平装

ISBN: 9787020112456

事物的味道，我尝得太早了

作者：[日本] 石川啄木

出版社：上海人民出版社

译者：周作人

出版日期：2016-5

定价：45.00 元

装帧：精装

ISBN: 9787208136991

我自己的歌

作者：[美] 惠特曼

出版社：广东花城出版社

译者：赵萝蕤

出版日期：2016-5

定价：42.00 元

装帧：精装

ISBN: 9787536077492

附录：译者

西川

执教于中央美术学院人文学院。出版诗集《虚构的家谱》等。译著《博尔赫斯八十忆旧》《米沃什词典》（与北塔合译）。获鲁迅文学奖（2001）等。

薛庆国

北京外国语大学阿拉伯学院教授，博士生导师，中国阿拉伯文学研究会副会长。著有《阿拉伯文学大花园》等，译著《我的孤独是一座花园：阿多尼斯诗选》等。

唐珺

2014年获博士学位，现为北京外国语大学阿拉伯学院讲师。主要从事阿拉伯现当代诗歌研究。曾在《诗刊》《当代国际诗坛》等刊物发表达尔维什诗歌译作及研究论文。

王立秋

北京大学国际关系学院比较政治学专业博士生。

周瓒

诗人，学者，译者，戏剧工作者。现为中国社会科学院文学研究所研究员。主持女性诗歌刊物《翼》。出版有诗集《松开》，译诗集《吃火》，论著《挣脱沉默之后》等。

蒲云

译者。

高兴

诗人，翻译家，中国作家协会会员，《世界文学》主编。主要译著有《凡高》《托马斯·温茨洛瓦诗选》《罗马尼亚当代抒情诗选》《十亿个流浪汉，或者虚无》等。

杨炼

朦胧诗代表人物之一；1983 年以长诗《诺日朗》出名，1988 年被中国内地读者推选为“十大诗人”之一，同年在北京与芒克、多多等创立“幸存者诗歌俱乐部”。现定居伦敦。

李栋

毕业于美国深泉学院及布朗大学创意写作专业硕士，曾执教于美国布朗大学和科尔盖特文理学院。获国际笔会翻译奖金，获德意志交流中心等基金支持多次访学欧洲。

明迪

诗人，译者，编者。著有《明迪诗选》等。兼文学翻译，获美国诗刊年度翻译奖，两次获亨利鲁斯基金会翻译奖金。

远洋

中国作家协会会员。翻译诺贝尔文学奖、普利策诗歌奖、艾略特诗歌奖诗集 20 多部。译诗集《夜舞——西尔维亚·普拉斯诗选》《重建伊甸园——莎朗·奥兹诗选》等。

李琬

1991 年生于湖北武汉，北京大学中文系硕士研究生在读，从事诗歌写作与翻译。获 2015 年第九届未名诗歌奖。著有诗集《瞬间和决定》。

包慧怡

任教于复旦大学英文系。翻译西尔维亚·普拉斯的《爱丽尔》、玛格丽特·阿特伍德的《好骨头》等。曾任都柏林圣三一学院客席讲师，都柏林市驻市译者。

杨小滨

耶鲁大学博士，现任中国台湾“中央研究院中国文哲研究所”研究员，政治大学教授，《两岸诗》总编辑。著有诗集《穿越阳光地带》等，专著《中国后现代》等。

谷羽

南开大学外语学院教授，俄罗斯文学研究会理事，天津市作家协会会员，圣彼得堡作家协会会员，曾任台北中国文化大学客座教授。1999 年获俄罗斯联邦文化部普希金奖章。

梁小曼

诗人、译者。罗伯特·波拉尼奥诗歌最早的中文译者；2013 年度香港国际诗歌节的西班牙语诗翻译之一。

傅浩

中国社会科学院外国文学研究所研究员、博士研究生导师，中国作家协会会员。译有《20 世纪英语诗选》《徐志摩作品选》(汉译英)《阿摩卢百咏》(梵译汉) 等。

侯磊

诗人，作家、昆曲曲友。著有诗集《离开》，长篇小说《还阳》，小说集《积极分子》《燕都怪谈》。现就读于人民大学文学院创造性写作专业，为中国文物学会会员。

王家新

中国当代诗人、批评家、译者，中国人民大学文学院教授。翻译《保罗·策兰诗文选》《新年问候：茨维塔耶娃诗选》《我的世纪，我的野兽：曼德尔施塔姆诗选》等。

汪剑钊

诗人、翻译家、评论家。1963 年 10 月出生于浙江省湖州市。中国现当代文学专业博士。现为北京外国语大学外国文学研究所教授，博士生导师。出版有著译若干种。

王东东

1983 年生于河南杞县，北京大学文学博士，现为河南师范大学副教授，并任该校华语诗歌研究中心执行主任。出版诗集《空椅子》《云》。

张依萍（Chantelle Tiong）

出生于婆罗洲岛上的诗巫，马来西亚籍华人。译著《诗意地生活，或忧郁而青春》《终究玫瑰》《白女神 · 黑女神》《花落时节》（杨牧四语诗集）等。

海娆

西南大学中文系毕业，法兰克福歌德大学汉学系硕士。译作有《顾彬早期诗作》四卷本，诗集《没有墨水的诗人》等，现居德国。

戴潍娜

诗人、译者。毕业于英国牛津大学，美国杜克大学访问学者。出版诗集《灵魂体操》等。翻译米克洛什论文集《天鹅绒监狱》《乌力波简史》等。自编自导意象戏剧《侵犯》。

王嘎

北京大学国际关系学院博士毕业，现任教于中国政法大学，研究方向为俄罗斯中亚社会政治发展。参与翻译了《茨维塔耶娃文集 · 散文随笔卷》《形象诗学原理》等。